中公文庫

# 檀流クッキング

檀　一雄

中央公論新社

# 目次

●夏から秋へ

●秋から冬へ

●冬から春へ

# まえがき

早いもので、「檀流クッキング」というものをサンケイ新聞紙上に発表しはじめてから、一年になった。

私のような、まったく素人の、料理の方法を公開して、いったい何になろうかと疑わしいが、しかし、また、素人の手ほどきほど、素人に通じやすいものはないだろうから、何かの役割りを、果たしているのかもわからない。

もっとも、卑下ばかりしてもいられない。

例えば飛行士に滞空時間何時間という経歴を大切に考えるならわしがあって、これを料理に適用するとするならば、私の料理の実働時間は莫大なものになりそうだ。古さ長さからいっても、もう、ハッキリと五十年に近い。

そもそも、私が料理などというものをやらなくてはならないハメに立ち至ったのは、私が九歳の時に、母が家出をしてしまったからである。

親父は、九州の柳川の小地主の息子で、親父の職業（教師）の関係から、私達の一家は、当時足利の赴任先に行っていた。

この時、母が突然出奔してしまったから、その困りようといったらなかった。私の下にまだ小学校にも入らぬ妹が三人いたのである。

もし柳川の親父の郷里近くであったなら、私達兄妹は、すぐに柳川の祖父母のところへひきとられたろうし、或はまた柳川から応援の祖母なり、女中なりがかけつけてきてくれたろう。

いや、足利にだって、やとえば、女中なら、いくらでもあった筈だ。

ところが、親父は、その非常事態を、つとめてかくしたがった。学校の教師という、見栄や、外聞もあったろう。おまけに母へのミレンが強く、すぐにも帰ってくるような妄想でも持ったのか、おなじ状態のまま、永いことグズついた。

私達の食べる物は、仕出屋の弁当であった。例えば京都のように発達した仕出屋の弁当なら、弁当を食べることの方がずっと仕合わせだと思うかもわからない。田舎の、小都市の、箱メシなど、とても継続して食べられるものではなかった。ところが、親父は、生まれた時から、一度も、メシを炊いたり、おカズをつくったりしたことがなかった男である上に、学校の教師という体面がある。

おまけにピンと髭《ひげ》を立てていたから、魚やダイコンの買い出しなど、まったくやろうともしない。結局、食うために、私が一切買い出し、私が一切、料理をやる以外になかったのである。

炊飯器や、電熱器や、ガス器具など、まったくない時代だ。

インスタント食品など、もちろんない。もし、今日のスーパーマーケット風の店でもあったら、私は、もっとも早く、インスタント食品信奉の徒になったろう。

ところが、私は、全部を七輪か、カマドで煮たきしなければならぬ。

当時の思い出の中で、例えば、アンカケふうに片栗粉でトロミをつけることを覚えた時の嬉しさといったらなかった。今でもハッキリとその驚きを覚えている。

ジャムをつくる事を覚えたのも、愉快な思い出の一つである。

この地上で、私は買い出しほど、好きな仕事はない。あっちの野菜屋から、こっちの魚屋と、日に三、四度は買い出してまわっている。

日本中はおろか、ひょっとしたら世界中の市場を買い漁ってまわっているようなものかもわからない。

おそらく、私の旅行癖や放浪は、私の買い出し愛好と重大な関係があるのであって、私にとってその土地に出かけていったということは、その土地の魚菜を買い漁り、その土地の流儀を、見様見真似、さまざまのものを煮たきし、食ったということかもわからない。

また、私の同化性というか、適応性というかは、人なみはずれているようで、ロシア人と一緒にいればロシアのものを食い、朝鮮人と一緒にいれば朝鮮のものを食い、日本のオフクロのみそ汁でなくっちゃ、という帰巣本能に乏しいようだ。というより、オフクロの味をその味と思っているわけで、私が真ん中であり、私が移動すれば、私の移動先の味が私の味だと思い込んでしまうようだ。

こうして、朝鮮人とくらし、中国人とくらし、ロシア人とくらし、食べ、料理し、見習い、食べ、料理し、うろつき、生涯を過ごしてきたようなものである。
「檀流クッキング」はその体験を、少しずつ披露しただけのことだが、いろんな人々から、あれをつくってみた、これをつくってみた、と聞くのは楽しいことだ。

昭和45年6月

追記――『檀流クッキング』(サンケイ新聞社出版局)の初版本がでてからすでに数年を経た。こんど、中公文庫の一冊にくわえられることになったのを機会に内容を再検討してみたが、さすがに肉、野菜等の値段は上っているが、料理法自体にかかわりがないので、そのままにした。

昭和50年9月

# 春から夏へ

## カツオのたたき

しばらくの間、私がみなさんに、食べ物の話、そのつくり方、その食べ方を手ほどきすることになった。

ご承知の通り、私は、料理の専門家でもなく、庖丁さばきの大家でもなく、ただ十歳のころから、ヤミクモに、自分の食べるものは、自分でつくって、食べてきたという、男である。

おまけに、生来の放浪癖も手伝って、日本中のここかしこを、ウロウロとあてもなくうろつきまわり、土地土地のさまざまな魚貝類や、野菜や、海草の食べ方を、見よう見まね、その土地土地の流儀で、つくっては、食べてきたものだ。

中国も、至るところ転々とした。ある時は砂漠のゲルの中で、羊肉の水タキをつつき、ある時は湖南省の土民の台所で、オカミさんに料理の手ほどきを教えてもらったりした。

いや、時にはロシア人とくらして、「ボルシチ」や「ウーハー」を見習い、時には韓国人と同居して、「プルコキ」や「カルビクイ」にも、馴れつくした。だから、私は、広く、まんべんなく、世界のさまざまの料理を、みなさんと一緒につくってみたり、味わってみたりしたい。ただしなるべく、材料が、安くて、豊富で、だれでも食べられる、愉快な食べ物を心がけてみたいものである。

その第一番目に、カツオのたたきを選んだのは、やっぱり日本人として、日本の好季節の、一番痛快な、食べ物にしたかったからだ。

目に青葉山ほととぎす初鰹

とだれでも知らぬ人のないこの俳句が生れた、江戸時代の、ある時期には、初ガツオを食べるのがイキで粋で、江戸ッ子なら、だれでも着物を質入れしてまで、初ガツオを買って食べようとしたらしい。

だから、その値段も法外な高値をよんで、いまなら一本数万円ぐらいになっていたようだ。カツオは黒潮のフチのあたり、水温の暖かい澄みとおった海水を回遊して北上してくるらしく、二、三月、台湾。三、四月、九州、伊豆七島。四、五月頃から、野島岬の沖合あたりにやってくるようで、この時期が、山ホトトギス初ガツオなのだろう。

さて、カツオのたたきは高知の豪快なサワチ料理の一部である。

どこの魚屋でも今頃ならカツオを四つの節に割ったものを売っているから、その一節を買ってくる。背が好きな人は背の方、腹の皮のキラキラと輝いている部分が好きな人は、腹の部分を買ってくるがよい。

皮のまま、カツオに、金串を二本縦に刺し通して、ワラを焼き、カツオの表面をサッとあぶって霜降りにさせ、薄く塩を塗りつける。ザクザクと下駄の歯の厚さぐらいに庖丁で切って、マナ板の上に平にならべ、コップに酢と、醬油を半々、サラシネギをいっぱいきざみ入れ、カツオが見えないくらいに全体にふりかけて、庖丁の腹や手のヒラでペタペタと叩く。これが平ヅクリだ。

酢は、ダイダイや、スダチや、レモン、何でもよろしかろう。

出来上がりには、トキガラシや、ニンニクなどを添えて食べるのが普通である。向井潤吉画伯の奥さんは高知の方だが、シソガラを丁寧に乾して、これを燃やしてあぶり、そのシソの香と、ネギの薬味だけを大切にして、ニンニクや、カラシの類は使われない。私はといえば、ガスの炎を一応、魚焼きの鉄板でさえぎって、ガスコンロの左右に煉瓦を並べその上に金串でカツオを差し渡して、あぶる。

塩をしたら、長いまま、レモン、醬油、ネギ、サンショウの葉、ニンニク、青ジソ、ダイコンおろし、なんでも、まぶしつけて、パタパタ叩いたあげく、三センチぐらいの厚さにブッタ切る。繊細は性分に合わないからだ。

## 具入り肉チマキ

そろそろ五月五日の端午の節句だから、一つ中国風の肉チマキでもつくってみよう。台湾や、香港や、広東あたりで、店先に沢山ぶら下げて売っている具入り肉チマキである。

五月五日に、端午の節句を祭るのは、もともと、中国から始まったならわしだ。屈原《くつげん》という詩人が世を憤って、汨羅《べきら》に身を投じたから、その姉さんが、弟の死を悲しんで、命日の五月五日の度毎に、チマキを川に投げ供えることから始まったともいっている。私は一度、その汨羅に出かけていったことがあるが、湘江《しょうこう》の支流で、川の水が底の底まで澄み透った美しい流れであった。

さて、具入り肉チマキであるが、モチ米を一升なら二十ぐらいのチマキができるから、竹の皮を二十枚、鶏屋さんかどこかで手に入れておく必要がある。

これだけは、竹の皮でないと不向きで、もし手に入らなかったら魚河岸に行きなさいと私がいったら、読む人は怒り出すだろうか。年に一度の具入り肉チマキだ。そのくらいの奮闘をしていただきたいものである。

ほかに、鶏モツ四〇〇グラム、豚バラ四〇〇グラム、シイタケ、ギンナン、できたら生グリなどもほしいものだ。ユリの根もたいへんよく合うし、キクラゲなどもよいだろう。

まず、一升の米をよく洗って一晩水に浸しておく。つくりはじめる一時間ぐらい前に、大ザルにあけて、モチ米の水を切る。

その間に、豚バラをほどよく切ってドンブリに入れ、同じく鶏のモツをきれいに掃除し（洗うのではない。脂だの、血の塊だの、無用のところを除くわけだ）、一緒に加える。このドンブリの中にニンニク、ショウガなどをすりおろし、酒と塩（または淡口醤油）で下味しておこう。この下味をしみつかせるのは、三十分か一時間ぐらいのつもりがよろしく、つけ汁もあとで一緒にモチ米の中に入れるから、そのつもりになっていてほしい。

水を切ったモチ米は、すし桶とか、おヒツなどに入れる。なければ、洗面器でもなんでも活用するがよい。

シイタケだの、ギンナンだの、生グリだの、ユリの根だのは、肉と一緒にまぜ合わせておいてもよいが、一つ一つのチマキの中になるべく均等に加えたいなら、別にドンブリにあけておいてもよろしいだろう。

そこで、モチ米の中にさっき下味しておいた肉やモツを、つけ汁ごと全部一緒に放り込んでよくかきまわす。

全体の味が少し淡いと思ったら、ここで塩加減をするが、なるべく鹹《から》すぎないようにしたい。

さて、ここでサフランをほんの一つまみ、熱湯に浸しておいて、モチ米の中に一緒にまぜ合わせるといい色になってくるだろう。ゴマ油も少しばかり入れる。

この具入りモチ米を、竹の皮の中に、なるべく三角のおにぎり型に包み込んで縛りたいのだが……、どうだってよい。こぼれぬように仕上げれば上出来だ。それぞれの具を、包み込むときに一つ一つ入れてゆけば、平均に分配されることになる。私は、そのまま圧力鍋で煮るのだが、圧力鍋のない方は、私が昔やった通り、ぴったりフタのしまる大鍋に水をはって煮つめてゆき、全体がやわらかくなるまで蒸し煮するのである。その時間は三、四時間ぐらいかかるかもしれぬ。

冷えたら、その都度、蒸して食べるのだが、酢醤油にゴマ油をたらして食べるのが、よろしいだろう。

## タケノコの竹林焼き

タケノコの季節になってきた。私などタケノコの季節になってくると、そのタケノコを追って、東奔西走したくなってくる。

さすがに京都はタケノコの本場だけあって、その竹林の管理、覆土、更新など、まったく行き届いたものである。京都のタケノコが少々値段が高くても、まことにやむを得ないという気持になる。またそのタケノコの料理が、京都界隈は、タケノコも地肌の色を残していて、まわりに灰ワカメをあしらい、木ノ芽の色と匂いが効いていて、まったく日本料理の好季節は、今である。

しかし、私は、そんな高級なタケノコを追い求めるのではない。ただ、どこぞの竹林の中に分け入って、そのタケノコを、現場で焼いてたらふく食べてみたいだけの一心である。

私の経験では、川の流れの近い、砂と赤土のほどよく入り混ったあたりのタケノコが、例外なくおいしいような気持がする。

京都のタケノコは勿論おいしいだろうが、私の少年時代を過ごした久留米の高良内界隈から福島のあたりまでのタケノコも、これに劣らず、おいしい。

ためしに、昨年は、知辺をたよって、その高良内のタケノコを、現場で掘り、現場で焼いて食べたが、まったく、タケノコの仕合わせが身裡にあふれこぼれるような感じがしたものだ。

何によらず、新鮮なものはおいしいが、タケノコと、トウモロコシだけは、掘ッタ、食ッタ……、モイダ、食ッタ……、でなくては、たちまちガタガタ落ちの味になる。

ここに一つ、最も野蛮なタケノコの料理を紹介しておくが、この野蛮な料理ほど贅沢なものはないのであって、竹林の中で、掘り取った瞬間のタケノコでしか、うまくない。

手に持ってゆくものは、タケノコを掘る鍬と、ドライバー一本と、ダイコン一本（ニンジンでもよい）、醤油と、酒と、マッチである。

まずほどよいタケノコを二、三本掘り取るだろう。

そのタケノコの竹の皮はつけたまま……、切口のあたりだけ泥を綺麗に拭き取って、切口の真ん中のあたりから、ドライバーをつっこみ、タケノコの節を抜くのである。若いタケノコは、内部が一様につまっていて、節も、中空もないが、その軟かいタケノコの芯をドライバーでくり抜くわけだ。くり抜く際にこぼれ散るタケノコの芯の破片だってもったいないから、なるべくビニールの上で、穴をあけよう。

穴の大きさは、親指二本分ぐらいが適当だろう、余り大きくなくてよい。その穴の中に生醤油を流し込むのである。醤油が入ったら、ダイコン（ニンジン）を栓の代りに削ってつめる。そこらの枯葉、枯木をよせ集めて、あらかじめ焚火を焚いておき、そのタケノコを半分灰の中につっ込むようにして焼くだけだ。

なるべく根元の方を上にしておくがよいだろう。醤油がもりこぼれないためと、根元のまわりによく炎を集めるように管理することができるからだ。

さて、少々贅沢にやる気ならタケノコの根元に酒をかけるとよい。焼けた頃合を見はからって、出して、切って、食べる……。

醤油の代りに、ヒシオかモロミを入れておくのもよいだろう。

今年は、まだどこの竹林からも招待がないものだから、天火の中で、欲求不満の真似事をやってみた。耐熱ガラスのコップの中にタケノコを逆様に立ててやってみたのだが、何せ、そのタケノコの方が、掘ッタ、食ッタではないのだから、竹林の中のようにはいかぬ。掘った直後のタケノコは、糠や米のトギ汁でのアク抜きも要らないが、やっぱり、都会の家庭では、充分にアクを抜き、カツブシ、コンブのダシと、淡口醤油で、タケノコの肌の色を残しながら、若竹煮に煮るのがよい。ワカメは煮上げるちょっと前でないとドロドロに濁るだろう。

## イカのスペイン風・中華風

例えば、バルセロナでも、マドリッドでも、イカ・タコの料理は、スペインの至るところに多い。

「プルピートス」といっているが、「プルピートス」とは、イカ・タコの総称をいうのか、それともイカ・タコの料理をいうのか、私はくわしいことは余り知らない。

それでも、たしか、マドリッドの、プラザ・マイヨールか何かに、「プルピート」という店があり、イカ料理を専門に食べさせていたが、バルセロナでも、実にさまざまの「プルピートス」にありついた。丁度小指の先ぐらいのタコの墨煮だとか、大きなイカの墨煮だとか、スペイン人は、イカ・タコの墨煮に妙を得ているようだ。

実に簡単で、実においしいものだから、日本人も大いにマネをして、大いにつくり、食べてみるがよい。

どんな種類のイカでも結構……。ヤリイカ、スルメイカ、モンゴウ、ホタルイカ、手当り次第実験してみるのがよろしいだろう。

まず、魚屋からイカの全貌を貰ってくる。キモとか墨とかを抜かれてしまったら、私の「プルピートス」はできないから、「そのまま」と念を押して買って帰るがよい。

棄てるのは、イカの船（軟骨）とか、イカのトンビだけで、あとは肝も墨も一緒にブツブツとブッタ切ればよいのである。

モツも、キモも、墨もゴタまぜにして、よくまぜ合わせ、いわば、イカの塩辛のモトみたいなものをつくるのである。

薄塩をする。少し、生ブドウ酒や酒などを加えれば、もっとおいしいにきまっている。ほんの一つまみ、サフランを入れてもよいが、なに、塩コショウとお酒だけで結構だろう。

この下味をつけたイカを十五分くらい放置した方がよろしいようだ。

フライパンにオリーブ油を敷く。サラダ油でもよろしいが、ニンニク一かけらを押しつぶして落し、トウガラシを丸のまま一本入れるのを、私はバルセロナで確認したから、その通りやって貰いたい。

さて、猛烈な強火にし、煙が上る頃一挙にイカを放り込んで、バターを加え、かきまぜれば終りである。

ニンニク、トウガラシは取り出して棄ててよい。スペイン人は、墨のドロドロをパンにつけながら食べていた。

さて、次に香港で食べたイカの「ハーユ（蝦油）」いためである。この「ハーユ」いための時は、なるべく、白いイカが美しい。足は別に煮るようにして、その胴体だけを、綺麗に皮をむいて使いたい。

皮をむいて、三センチ幅、五センチくらいの長さの短冊に切り、その一端を閉じたまま、縦に四、五片に切り裂く。つまり、ノレンの形に仏手に切るのである。

しばらく、酒と、ハーユと、ニンニク、ショウガで、下味をつけておく。

フライパンか中華鍋に油を敷き、強火で一瞬にいためた挙句、水トキのカタクリ粉でトロミをつければ出来上がりだ。

どちらの料理も、ダラダラと煮て、イカを堅くしてしまったらまずい。なお、「ハーユ」は中華材料店に売っているはずだ。

## レバーとニラいため（モツ料理1）

中国の町をうろつくと、大道で、豚の舌、豚の肝臓、豚の心臓などのきれいに煮込んだものを、注文すれば、すぐに取り出して、トントントントン、切ってくれる。

饅頭と一緒に食べるのもおいしいし、酒のサカナにも、大そうよい。子供までが、道端で買って、紙にくるんでもらい、歩き歩き食べている姿をよく見かけたものだ。

むかしは、豚のアブラでテラテラに光るボロ服をまとったオヤジさんが、ハエのたかる、その豚のモツを、丸太のマナ板の上で切ってくれたものだが、解放後はやっぱり清潔整頓。マナ板も白くササクレが見えるまでに磨きあげ、駅のプラットホームで、白衣をまとった売子が、大鍋の中からコトコト煮えているモツの類を取り出して、切って、紙にくるんでくれる。

日本でいったら、駅弁だが、私など、少し余分に買って、こっそり、夜の酒のサカナにしたものだ。

さて、これから二、三回、豚の舌だの、豚のモツだの、さまざまの内臓を、いろいろに食べる工夫をしてみよう。

悪食だなどと思ったら大間違いだ。これらのものを、利口に処理し、おいしく食べるのが、人間の知恵というものである。

日本人は、清楚で、潔癖な料理をつくることに一生懸命なあまり、随分と、大切でおいしい部分を棄ててしまうムダな食べ方に、なれ過ぎた。ひとつには、長いこと殺生が禁じられた時代のために、鳥獣のほんとうの食べ方がすっかり忘れられてしまったのである。

日本人は、いわばササミのところばかりを食べて、肝腎の、おいしい部分を、ほとんど棄ててしまう気味がある。

そこで、本題に入る前に、まず、あなたたちの、今日までの偏見や、先入観を棄ててもらいたい。

つい先日、私のところに、五つ六つのお嬢さんを連れたお母さんがやってきた。私は豚のモツや、鶏のモツのいろいろな煮込みを出したのだが、そのお嬢さんは、大喜びで、モツの煮込みを食べるから、かえって、お母さんが、アッケにとられる始末であった。

偏見や先入観は、たいていその母が、知らず知らずにその子供たちにうえこんでしまっているものである。

さて、豚の舌や、豚の心臓、肝臓は、全部つながっているものだから、なるべく、肉屋に出かけたら、

「タン（舌）ハツ（心臓）のつながっているものを下さい」

といって買ってくるのが、よいだろう。私はレバーのところまで、一緒につながったものを買ってくるが、レバーは大きいし、家庭で、とても一頭分は処理しきれないから、タンハツと、レバーを一ひら買ってくることにしよう。

まず手っとり早い料理をひとつ。

豚のレバー二〇〇グラムばかりを食べよい大きさにザクザク切って、十分ぐらい水につける。血抜きをするわけだ。その肝臓の水を切り、お茶わんかドンブリに入れて、ニンニクとショウガを少しばかりおろし込み、お醬油を少々、お酒を少々ふりかけて、二十分ばかりほったらかす。下味をつけるわけだ。

さて、中華鍋の中にラードを強く熱し、レバーにカタクリ粉をふりかけて指でまぜ、煙をあげる中華鍋の中に放り込む。レバーの表面が焼けて、火が通った頃、ザクザク切ったニラを放り込んで一緒にまぜる。ニラがシンナリしかかった頃、醬油を大匙一杯、鍋の中に入れる。醬油がからみついた時に火をとめる。強い火で手早くやるほど、おいしいはずだ。

## 前菜用レバー（モツ料理2）

前回の料理は、そこらのラーメン屋で、ニラレバーと呼んでいるところのものだ。そこで次は、前菜用の本格的なレバー料理を稽古しよう。

豚のレバーは一頭分だとあまり多過ぎるから、四〇〇〜五〇〇グラム。しかし、けっしてバラバラに切ったものを買わないで、少なくとも、一塊をまるのまま買ってくる。深鍋（そのレバーがたっぷりひたるぐらいの）に水を張り、その水をグラグラに煮立たせる。熱湯の中に一つかみの塩を入れ、この塩湯の中にレバーを丸ごと放り込んで、五分間ばかりゆでる。血抜きをするのである。

沸騰してから五、六分で取り出すが、取り出してもまだ血がにじみ出すはずだ。

さて、同じ鍋でも、別の鍋でもよいが、鍋の中にたっぷりレバーがひたるくらいの水を入れ、醬油や塩で味をつける。その味かげんはお吸いものよりからく、煮物よりあまいていどがよいだろう。少々ザラメを入れてもよい。ニンニク一片、ショウガ一片。どちらもおしつぶして、鍋の中に入れる。

ニンジンのシッポや皮、ネギの青いところ、タマネギなど、屑野菜をなんでも放り込む。

この液の中に血抜きしたレバーを移して、今度はトロ火で（少なくとも中火で）四、五十分コトコトと煮るのである。三十分ぐらいたった頃、ゴマ油を大匙一杯か、二杯、加えた方がよい。中国風の匂いをつけてみたかったら、五香か大ウイキョウ（デパートの中華料理材料売り場にある）をほんの少し入れて煮るとよい。

そのままさまして、完全に冷えたころ、レバーを取り出し、薄切りにして、皿の上に、花のようにならべてゆく。

そのまま食べるのだが、味がうすいと思ったら、醤油をかけ、薬味がほしいと思ったら、針ショウガなど、とてもよく合うはずだ。

残りは切らずに、元の煮汁にもどし、冷蔵庫の中へしまっておけば、一週間ぐらいはだいじょうぶのはずである。

## タンハツ鍋（モツ料理3）

前に申し上げた通り、豚でも、牛でも舌の先から、腸の末端に至るまでことごとくの内臓が一本につながっているものだ。これらのモツを、気味悪がったり、馬鹿にしたり、粗末にしたりしてはいけない。ちょっと、手をかけると、これほど安くて、おいしい部分は、ないくらいのものだ。一家五、六人がタラフク食べるに充分な、タン（舌）とノドボトケの軟骨の部分、食道、ハツ（心臓）とつながって、おそらく、三百円前後ぐらいで買えるはずである。

肉屋の帰り道に、ちょっと豆腐屋によってオカラを十円だけ買っておこう。

さて買ってきたタンハツをボールに取り、そのタンハツの上にオカラをかける。オカラと一緒に塩と酢を、思い切りたくさんふりかける。タンハツをよくよく揉んで、磨いて、ヨゴレと悪臭を取るのである。この時に、舌の部分と、ノドボトケの部分と、食道の部分と、心臓の部分を、庖丁で切り離しておくとよい。

ひとつだけ面倒だが、食道の部分は菜箸か何かで裏返して、食道の中のヌラヌラをよく磨き取っておかねばならぬ。肉の全部をオカラと塩と酢でよく揉み洗ったら、今度は水をかけて洗い流し、これで、下準備はできた。鍋を二つ用意して、舌と、ノドボトケと、食道を一緒に入れ、心臓だけ別に煮る方が、ハツの臭気を全体にうつさないですむ。大体四十分ぐらい水煮するだけだが、多少塩を加えて煮てもよい。

煮え上ったかどうかは舌の部分を真中から切ってみて、おいしく食べられたら、それで結構だ。この時舌の表面の白い膜は、指先や庖丁でこそぎ取る。もう、このまま薄く切って皿にならべ、酢醤油やカラシや、ニンニクや、トウガラシ油などで食べたら、素晴しくおいしいはずだ。

しかし、今日はひとつタンハツ鍋をつくってみよう。スキヤキ鍋にまず、スープを張って、今しがた煮上げたタンハツを薄く切って入れる。

好みではニンニクも入れ、醤油やお酒を加えて、お吸物の味より、ちょっとから目にし、ガスに火を入れる。グツグツ煮立ってきたころ、ワケギや、キャベツのザクザク切りを山盛いっぱい加えて、モツと一緒につつくわけだ。私の一家など、牛のスキヤキより、豚のタンハツ鍋の方を好むのである。

## コハダずし（オカラ料理1）

あまりにモツ料理ばかりでは、ホルモン屋と間違えられそうだから、ひとまず打ち切りにしておこう。

今回から二回、オカラを主体にした料理をつくってみるが、モツを磨いた時に、オカラを十円買ったはずである。実は、十円のオカラというのは、モツ磨きばかりには多過ぎるので、はじめからその半分はとっておき、ほかの料理にふり向けた方がよい。

こう書くと、オカラを半分、冷蔵庫の中にしまい込んで、次の料理の時まで保存されると困るから注意しておくが、オカラそのものは非常に腐敗が早いから、買ってきたら、手早く処理しておかねばならぬ。

それには、まず油でよくいためるのがよい。

ラードでも、天プラ油でもよろしいが、ラードは冷えると固まるから、オカラの時は、できたらサラダ油でいためることにしよう。中華鍋で、先にサラダ油を入れ、弱い火で気長に、ゆっくりといためよう。オカラのカタマリをほぐし、全体にまんべんなく火が通るように、丁寧にいためてゆくがよい。

サラサラになるくらいいためても、中に具をまぜ合わせると、またしっとりとしめるから、時間をかけていためておくと、おいしくもなり、くさりにくくもなる。

さて、いため終わるころ、少量の砂糖と、塩で、好みの味をつけておく。具を入れる時に、また味が濃くなるはずだから、なるべく、味はひかえ目にしておく方がよい。それに砂糖のアマ味をらん用すると、自然のアマ味を消すことになる。

ところで、オカラの具を何にしよう。私のところでは、シイタケ、ニンジン、タケノコ、アゲなどを使うことが多い。ほかに青味として、ミツバか、インゲンか、ネギなどを加えると、色どりも歯ざわりもよく、おいしくなる。キクラゲやシラタキを、加えるならば、ゼイタクなお惣菜になるだろう。シイタケや、キクラゲは水にもどし、全部を、ほとんど同じ太さの細いせん切りにしよう。

ニボシのダシでも、カツブシのダシでもよいから、なるべく淡口醤油で、できるだけ色のつかないように味をつけ、手鍋の中で、全部を、ほとんどいためるようにして煮る。ニンジンの歯ざわりなどはハッキリ残しておくがよい。ミツバやネギなどは、最後の一瞬に火を通すだけだ。

まだダシ汁が残っているなら、ダシ汁をくわえ、全部の具を中華鍋のオカラの中に入れて、もう一度、中火でいため直す。これで出来上がりだが、好みでは、イリゴマや、麻の実などを加えるのもおもしろい。

さて、コハダのオカラずしだ。

自分でやれればこれにこしたことはないが、できなかったら、魚屋からコハダを腹ビラキか背ビラキにしてもらって買って帰る。そのコハダの内と外に、充分塩をして三、四時間ほったらかす。三、四時間目に、今度は酢で表面の塩を洗いおとし、新しい酢の中に三十分ばかり、コハダをつける。塩でしめる三、四時間が五、六時間になったって、酢でしめる三十分が一時間になったって、ビクビクすることはない。ただ、それ以上時間を短くすると、くさりやすいだけだ。

さっきのオカラの煮しめに少量の酢を加えて、もう一度火を通すか、よくまぜ合わせ、しっかり手でにぎって、コハダのお腹の中に、たっぷり包みこむのである。

オカラがあまったら、コハダの上にかぶせておいて、皿にならべる時にきれいにとりのぞけばよい。

## 大正コロッケ（オカラ料理2）

今から五十年ばかりむかし、大正コロッケというすこぶる珍妙な食べ物があった。手押しの屋台車で、町から町を流し売って歩いていたものだが、左様、一個一銭か一銭五厘ぐらいのものだったろう。三銭か五銭払うと、小さく切った古新聞紙の上に、その大正コロッケを二つ三つならべ、角切りのキャベツを添え、カラシとソースを、思い切りよくぶっかけてくれたものだ。

今の値段だったら、十円二、三枚というところだろう。パサパサした口ざわりで、私達は洋食を食べているような満足感を味わったものである。私は子供心にも、その大正コロッケが、どのようにしてつくられるか、その秘法をジッと観察していたのだから、幼にして、料理の天才であったわけだ。けっして、上等の料理ではない。大正コロッケのような下の下の底辺料理の研究家であった。

そこでその、大正コロッケを、家に帰り、自分の手でつくってみたのだが、屋台車の大正コロッケよりも、はるかに、おいしく、上等のものができた。爾来三十年、私は大正コロッケなどつくることをすっかり忘れていたが、わが家の子供達が、ようやく小学校、中学校に入るに及び、

「ウチの坊っちゃん、嬢ちゃん達よ。チチは小さい時に、自分で大正コロッケというものを、つくって食べていたんだぞ。今日、そのつくり方を教えてあげるから、これから、自分達で、つくることを覚えなさい」

そういって、そのつくり方の秘伝を伝授した。大成功であった。子供達は、大正コロッケが大層に好きなのである。

そこで、調子に乗って、私はみなさんに、その秘伝を公開するのだが、むかしの大正コロ

ッケより、少しばかり上等につくってみよう。

オカラ料理の変種だから、まずオカラが要るが、十円では多すぎる。半分でオカラの煮しめをつくり、残りのオカラ半分で充分だ。

ホトトギスの時節はトビウオの盛期だから、安かったらトビウオを一尾買ってくる。トビウオが高かったら、もちろんアジでも、イシモチでも結構だ。

そのトビウオなり、アジなり、イシモチなりの肉を庖丁でこそぎとり、スリ鉢で、よくつきほぐす。魚肉のスリ身ができるわけである。その魚肉のスリ身の中に五円分のオカラを入れる。よくまぜ合わせ、ネギのザク切りと、乾したサクラエビを適当にまぜ合わせれば、それでよい。

そのまま、小判の形に沢山のコロッケをつくり、天プラ油で揚げるだけだが、一つ重大な注意が必要だ。

そのまま揚げると、油の中でバラバラにくずれてしまう。そこで、そのツナギにメリケン粉と卵をまぜ合わせるわけだが、卵は一個、メリケン粉は適宜、小さな塊を油の中に落として、崩れない限度にするのがよいだろう。ネギと、サクラエビのほかに、キクラゲとか、麻の実などを加えたら、オツなものである。

さて、大正コロッケの秘伝を公開したついでに、日南（宮崎県）のオビ天の製造の秘法も、公開しておこう。

やっぱり、トビウオの肉をこそぎ取り、スリ鉢で、よく突き、すりつぶして、魚肉のスリ身をつくる。トビウオは一尾でも二尾でもよいが、魚肉とほぼ等量の豆腐を、なるべく、水を切って加え、よくまぜ合わせる。

さて、塩をほんの一つまみ、砂糖を少し多い目に入れるのが、オビの流儀だが、私は砂糖をあまり好まないから、加減をする。小判の形につくって、天プラ油で揚げればそれで終わりである。

## みそ汁と丸鍋（ドジョウとウナギ1）

六月十九日は桜桃忌である。

鬱陶しい梅雨と湿気。サクランボは果物屋の店先に光っているが、お世辞にも、いい時候だなどといえたものじゃない。太宰治でなくったって、ドブ泥の水の中にはまり込んでしまいたくなる。

こんな時期には、よく、その太宰治と二人、荻窪の屋台のウナギ屋に出かけていったものだ。ウナギ屋などというと聞えがよいが、ウナギのカバヤキを食わせるような上等な店ではない。

ウナギの頭と、ウナギの肝に、タレをつけて、焼いて、酒のサカナにしてくれる。焼酎と酒の店である。それでも、そのウナギは、天然ウナギの頭であったわけだろう。いつだったか、私がそのウナギの頭にガブリと噛りついてみると、大きなウナギ針に噛みあたった。

太宰は、手を叩いて、喜んで、「檀君。それが人生の余徳というもんだ」そんな愉快な思い出がある。あれ以来私はウナギの頭と、ウナギの肝を、ことさらに、酒のサカナとして珍重する習性になった。

さて、梅雨のあとさきは体力消尽。一年でも一番バテる時期だから、ウナギの頭とか、ウナギの肝とか、大いに食うがよろしい。しかし、ウナギの頭と肝ばかりを見つけて歩くのは大変だから、もっと手に入れやすくて、しごく簡単な、ドジョウとウナギの料理を、二回ばかりにわたたって、紹介しよう。

しごく簡単な料理などといったって、バカにしてはいけない。私は、東京の、庶民的な一番立派な料理だと信じている。

駒形の越後屋とか、高橋《たかばし》の伊せ喜とか、浅草の飯田屋とか、東京のドジョウ料理は、日本の代表的な庶民のご馳走であり、私がその秘伝を伝授しようというのである。

講釈はこのくらいにして、町のドジョウ屋から、丸ドジョウを（もちろん生きているものだ）買っていらっしゃい。小さ目のドジョウで結構だ。四、五人家族でドジョウ四〇〇グラムもあれば、充分だろう。ほかに、ゴボウ一本、ネギ一束、ショウガ少々用意したらよい。

そのドジョウをしばらくバケツの水におよがせておいてから、深い鍋に移す。たっぷりと水を入れ、ダシコブを少し、ショウガを一かけら、押しつぶして入れ、カンザマシの酒でもあれば入れておこう。さて、鍋の蓋を閉め、鍋の底に火を入れる。カマユデにするわけだが、可哀想だなどと、つまらぬオセンチはよしたほうがいい。人間は牛を食い、豚を食い、鶏を食い、魚を食い、ありとあらゆるものを食って、頭脳と体力を太らせてきたのである。

沸騰してきたら、火をトロ火にして、ドジョウの皮膚のヌラがくずれないようにそっと煮る。さあ、三十分か四十分煮たら、ドジョウの全体の三分の二ばかりをドンブリにすくい取る。煮汁もコップ二杯ぐらい一緒にすくい取っておくと具合がよい。「ドジョウの丸鍋」の分をのけておくわけだ。

深鍋の残りの三分の一のドジョウはそのまま、みそ汁に仕立てあげるのである。みそを丁寧に汁でといて、鍋の中に静かに流し込む。よく水にさらしたササガキのゴボウを鍋に加えて、もう一煮すれば、出来上がりだ。極上のドジョウ汁が出来上がったはずである。

今度はスキヤキ鍋を出して、卓上のガスコンロの上にのせる。その鍋の中にダシ汁を張る。ドジョウの煮汁に適当な醬油とミリンを足すだけでもよろしいし、カツブシでダシを取り、少し別の味に変えてみるのもおもしろい。ダシ汁は、お吸物の味よりやや濃い目ぐらいのつもりにしておいて、味がうすかったら、食べる時に醬油を足す。

さっき、のけておいた三分の二のドジョウをみんなならべ、火を入れる。その上に薬味用に切った大量のネギをのせて煮ながら食べる。ドジョウの丸鍋の出来上がりだ。

## 柳川鍋・ウナギの酢のもの（ドジョウとウナギ2）

どうも、丸のドジョウは閉口だとおっしゃる方達のために、今回は「柳川鍋」のつくり方を指南することにしよう。

「柳川鍋」というから、きっと九州の柳川でよく食べるドジョウ鍋のことだろうと想像されるかもしれないが、残念ながら、柳川に柳川鍋のしきたりはない。実は私がその柳川の出身だから間違いはない。「柳川鍋」のおこりは、江戸に「柳川屋」というドジョウ屋があったからとも、また柳川の蒲池でできる土鍋を柳川と呼んで、その鍋で開きドジョウの卵とじにしたものを売出したから「柳川鍋」と呼ぶようになったのだろうともいわれている。

いずれにせよ、土鍋で、開きドジョウを卵とじにすると、いつまでも、グツグツと土鍋の熱が去らず、卵の半煮えのうまみと、ドジョウのうまみと、新ゴボウの香りが、混然とまじり合って、あんなに結構な食べものはない。

さて、開きドジョウを三〇〇グラムばかり買ってこよう。夏場はドジョウはみんな子持ちだから、子の方もついでに貰って帰る。細めの新ゴボウを一本、ほかに鶏卵二個あれば、材料は充分である。

まずゴボウを薄くササガキに切って、酢水にさらしておく。次に開きドジョウをザルにでもならべて、熱湯をくぐらせる。私はドジョウ汁の大鍋の中にザルにならべた開きドジョウをくぐらせたが、一度お湯を通しておく方が、ドジョウの臭気も少なくなり、鍋にならべる時の姿がよくなる。

柳川鍋をつくる時はなるべく土鍋がほしいが、無かったらスキヤキ鍋ででも代用して、何としてでもつくってみるのが一番大切だ。

鍋を用意したら、さらしたゴボウを底に敷く。その上に開きドジョウを放射状にならべるのだが、頭をまん中にするか、シッポをまん中にするか、私も大いに迷ったものだ。どうだっていいのである。しかし、ドジョウのオモテを上側に向けた方が、見た目がよさそうだ。この上からダシをかけ、適当に、砂糖だの、醤油だの、ミリンだの、お酒だのを加えるわけだが、自分の好みで、どうにでもなさい。何度もやってみるうちにいい味になるだろう。

ここで火を入れ、オトシブタをする。グツグツ煮えてきて、ゴボウがシンナリした頃、オトシブタをとって、といた卵を流し込み、七分通り卵が煮えた頃、火をとめる。柳川鍋の出来上がりだ。

今ひとつ、「ウナギの酢のもの」の手っ取り早いつくり方を伝授しよう。ウナギは高いから、素焼のウナギを魚屋さんから、一串だけ買ってこよう。みっともないなどと、冗談じゃない。私はいつでも一串買ってくるのである。

その一串の素焼のウナギを串から抜き、小口から、せん切りにする。せん切りにしたウナギを金網で、遠火で、焼き直して、二杯酢の中に、投げ入れるのである。

別にキュウリだの、ミョウガタケだのを、せん切りにしたり、ササガキにしたりして、水にさらす。青ジソのせん切りや、錦糸卵もつくっておくがよい。

お皿に、そのキュウリや、ミョウガタケや、青ジソなどをカッコよく盛りならべ錦糸卵を散らす。その上にせん切りのウナギをかぶせて二杯酢をかけたら出来上がりだ。

梅雨時には、まったく結構な酢のものである。

## シソの葉ずし・メハリずし

今がちょうどシソの葉の出さかりだから、シソの葉の塩漬をつくっておこう。

八百屋の店先に梅干用のシソをたくさんならべているし、青ジソの葉は、ちゃんと揃えて重ねて売っているから、赤いシソの葉でも、青いシソの葉でもどっちでもよろしい。今から塩漬にしておくと、大変重宝するものだ。

シソの葉を丁寧に重ねて塩漬にしたものを、シソの千枚漬といっている。

ほんとうなら梅干を漬けなさいといいたいところだが、梅干と聞いただけでちぢみあがり、もう私の料理教室から逃げ出してしまう奥様がいそうだから、「シソの葉の千枚漬」と、私の方で用心して手加減をしておいたのだ。

ふつうのシソの葉だと、よく洗い、枝からモギ取って揃えねばならず、それがめんどうなミセス達は、青ジソの葉を買うがよい。青ジソだと一くくり十五円ぐらいで、さあ、十枚かそこいら、きれいに重ねて揃えて売っているだろう。

思い切って十くくり買ってみよう。一枚一枚洗うのがほんとうだろうが、よろしい、一くくり、ヘタのところを握ってザブ洗いすればよい。

ザブ洗いした青ジソの葉一くくりずつを、ちょっと麻糸でとじておく方があとあと便利である。さて鍋に塩水をたぎらせておく。その熱湯にシソの葉を一瞬くぐらせるのである。

アク抜きをするわけだが、できるだけ水気を切って、卓上漬物器の中にシソの葉を重ねる。一くくりごとに、塩を多目にふりかけ、押しをかける。

一晩のうちに水があがるはずだ。その水を思い切りよく棄てて、水気を切る。これで大体アク抜きができたはずだ。

ちょっと面倒に感じたお方に、アク抜きの原理を説明しておこう。本当なら、丁寧に塩モミして、よくよくしぼらなければならないところだが、シソの葉っぱをこわしてしまわないように、簡便法を考えたまでだ。

さて、もう一度よく塩をしてそのまま押しをかけ、保存するのもよろしいし、梅酢にひたして、押しをかけるのもよろしいが、檀料理教室は、そのまま醬油をぶっかけなさいといっておこう。葉っぱ全体に醬油がかぶる程度にして、しっかり押しをかける。

一ヵ月目ぐらいから食べられるが、三ヵ月ぐらいからの方がおいしいはずだ。一、二ヵ月目から押しをとり、フタ物の中にしまって、冷蔵庫にでも保存するのがよいだろう。そのシソの葉を何に使うか。何に使ってもよろしい。香り高い年間の漬物だ。

例えば、オニギリをつくる。早速シソの葉の千枚漬をとり出して巻きつけると、匂いのいい即席のおすしが出来上がるだろう。


シソの葉の千枚漬のすしだけでは淋しいというのなら、よろしい、紀の国のタカナの「メハリずし」の秘法を伝授しよう。デパートか漬物屋で「タカナ」を買ってくる。丁寧にひろげる。その適当なところに適当な大きさのゴハンをつつんで、しっかり巻く。大きく巻いたメハリずしは、そのまま丸噛りすると「目を見張る」から「目張りずし」というのだという説もあるが、タカナの破れ目からゴハンのこぼれ出すのを防ぐためにちぎれたタカナで目張りをするので、メハリずしというのかもわからない。

そこであまり「目張らぬ」ように、庖丁で切ってならべて食べることにしよう。

## サケのヒズ漬と三平汁

都会の魚屋とか、乾物屋の店先で、なにが不当に、粗末なあつかいを受けているかというと、それはサケの頭である。

新巻《あらまき》ザケの、綺麗な頭を、一尾分三十円かそこいらで売っていて、時には、二尾分の頭を、三十円一皿で分けてくれることだってある。

サケはどこもかしこもおいしい魚だが、ことさら、その頭のところは、おいしい軟骨で埋まっているようなものだから、私など、塩ザケの頭が、店先にならんでいたら、親のカタキにでもめぐりあったように、三つでも、四つでも買ってくる。最も廉価な、地上の仕合わせが、たちどころに実現するからだ。

サケの頭の軟骨のところを、「ヒズ」といっている。「ヒズ」の多い部分を、そのまま皮ごと薄く切り、酢をかけたら、たちまちおいしい「ヒズ」のナマスができるからだ。酒のサカナに、「ヒズ」のナマスほどおいしいものはない。

生のままより、一塩してあるサケの頭の「ヒズ」がよろしく、これを薄く切って、酢にひたせばそれで出来上がりだ。

もっと手をかけたい人は、透明な軟骨の部分だけをえらび出して酢漬にし、ニンジンや、ダイコンの紅白のナマスと一緒に、まぜ合わせる向きもあるが、私は、皮ごと一緒に切った「ヒズの酢漬」の方が好きである。

さて、サケの頭を三つも買うと、いくら「ヒズ漬」をつくったって、まだ頭のあっちこっちがたくさん残る。そこで、サケの頭をつかった「三平汁」でもつくって、梅雨バテを防いでみたらどうだろう。

サケの頭は、塩加減の多少によって、はじめに塩出しをしておく方がよい。

その塩出しをしたサケの頭を、なるべく大き目にブツ切りにして、鍋の中に入れる。コンブも加えて鍋を煮立たせ、今頃の野菜は何でも、かんでも、ブチ込んでみるつもりがよいだろう。

まずタマネギは大きく輪切りにして投げ入れる。ジャガイモも丸ごとか、二つ切り。ダイコン、ニンジン、ネギ、カブ。そこで、スリ鉢の中にみそと酒のカスを入れ、これを鍋の汁をすくって、丁寧にときほぐす。

よくすりまぜたら、鍋の中に流し込むのだが、サケの塩があるから、あまりカラくならないようにみそ加減を注意しよう。

あとは、豆腐とか、キャベツとか、思い通りに放りこんで、ロシア人の「ボルシチ」なみの意気込みになるのもおもしろいだろう。

サケの頭の、あっちこっちが、汁の中にとろけるようであり、新ジャガの味、タマネギの味、夏キャベツのバサバサした口当り。私の一家は、サケの頭を見つけ出してくるたびに、一年中「三平汁」を楽しむのである。

## 豚マメと豚キモのスペイン風料理

いつだったか、牛や豚の肝臓（キモ）や腎臓（マメ）の中国流の食べ方や、つくり方を紹介してみたことがある。

何によらず〝肝腎〟のところを食べるのは、愉快なことだ。ヨーロッパの人達も、牛や豚や羊の、肝腎のところを、さまざまにして食べている。

どうも、日本人は、獣類のキモやマメの食べ方に不熱心で、この頃こそ、ようやく、肝臓を食べる人も出てきたが、腎臓ときたら、そんな悪食は……などと、手をあげてしまう人の方が多い。

その癖、中華料理店で、マメが入っているお料理など、気がつかないで食べてしまい、このイカは、歯ざわりがよろしくっておいしいなどといっている。

今日はひとつ、スペインのバルセロナで食べた、豚マメや、豚のキモの料理のつくり方を指南しよう。

バルセロナの裏路地に「カラコーレス」という飲食店があって、大変繁昌している。店の名前の「カラコーレス」というのは、「エスカルゴ」とおんなじで、「カタツムリ」ということだ。だから、もちろん、「カタツムリ」もつくっているが、スペインの質素で、豪快な海山の料理を、何でもやっている。安くて、おいしくて、愉快な店である。

この店の調理場は、店のどまん中にあり、そのさかんな煮タキの模様が四方から、手に取るようにわかるから、私は随分と通ったものだ。

だから、今日の肝臓と腎臓の料理は、この「カラコーレス」で見たり食ったりしたご馳走のマネゴトだと思ってもらいたい。

豚のキモはブツ切りにして、水にさらせば血ヌキが簡単にできるけれども、豚マメはちょっと、臭味抜きがむずかしいから、私の説明する通り念入りにやってみてもらいたい。

豚のマメを平たく、まん中から半分に縦割りするのである。豚のマメをマナ板の上に置き、名の通り豆が二つに分れるように、豚のマメを切るのである。

二つに縦割りすると、脂肪や尿腺が白く見えてくるだろう。この白い部分を、よく切れるナイフや、出刃庖丁で、丁寧に、そぎ取ってゆく。あらましのところがそぎ取れたらそれでよいので、余り神経質に、その白いところをそぎ落としてゆくと、豚マメは無くなってしまった……ということになる。

この豚マメを五分か、十分、水にさらそう。

なるべく流水にさらすがよい。

さて、豚のマメも、キモも、しばらく水にさらしたら、水気を取り、それぞれのドンブリに入れて、ニンニク、ショウガ、ブドウ酒、塩、コショウで、下味をつけておこう。

ほかに、タマネギのミジン切りと、セロリ少々をミジンにし、中華鍋かフライパンを強火で熱し、サラダ油を張って、まずタマネギをいためる。つづいて、セロリを入れる。バターを入れる。

今度は豚マメの下味したものの中に、少量のメリケン粉を加えて、指先でまぜ、一挙に鍋の中に放り込む。

猛烈な火でいためつけながら牛乳を入れて、全体をまぜ合わせたら終わりである。最後にブランデーでも入れて、点火すれば、もっと香りがよくなるし、もう一度塩コショウを加減するがよいだろう。豚のレバーも同じことである。

## 東坡肉（豚の角煮）

長崎のシッポク料理の中に、「豚の角煮」というのがあるだろう。豚のバラ肉が、飴色に、とろけるように、煮えていて、箸で思うままに、ちぎることができ、口の中で、とけてしまいそうなうまみである。

ほとんど、同じような豚バラの角煮が、琉球にもあって、これは「ラフテ」と呼んでいる。もとはといえば、中国の「東坡肉《トンポーロ》」の料理法が、各地に伝わったものだ。

まったくの話、「東坡肉」は、豚肉のご馳走のなかの王様のようなもので、一生に一度ぐらい、手間ヒマをかけ放題、日曜料理に「東坡肉」をつくってみてご覧なさいと、いってみたい。

　いくらできそこなったって、焼豚の代用としてラーメンに入れるによろしく、また、ちょうど出廻りはじめたセレベスイモと一緒に、蒸しておいしく、けっしてすたりは無いから、今度の日曜日は、「東坡肉」つくりで、一日を棒に振ってみるがよろしいだろう。

　ついでながらいっておくが、「東坡肉」と呼ばれるいわれは、宋代の大詩人である蘇東坡が大変に愛好した料理だからである。蘇東坡という豪傑詩人は、宋の朝廷から大事にされたり、流されたり、また大事にされたり、流されたり、海南島なんかで配所の月を眺めていた自由人だが、この先生は、食べることに大変熱心であって、河豚《ふぐ》なんかも、好んで食っていたらしい。

「東坡肉」も今日まで、この先生の名を冠している豚バラの、はなはだ手のこんだ、ご馳走だ。

　このくらいおどかしておけば、つくるつくらないは、皆様の勝手である。

　さて、豚のバラ肉（三枚肉）を塊のまま、一キロばかり買って来よう。できそこないが心配なら、五百でも、六百でも、好きな通りでよろしい。

　その豚バラの大きさと、ほとんど同じくらいの鍋の中に、豚バラの脂身を上にして、キッチリ入れ、ニンニク一つ、タマネギ一つ、皮をむいて、丸のまま、一緒に鍋に入れる。この上から水をさし、ガスに火を入れるのだが、水の量はヒタヒタぐらいがよい。水が多いと豚肉が、浮んだり、沈んだり、横揺れしたりして肉が煮くずれてしまうわけだ。

できたら酒も加えながら、トロ火で、二時間、たっぷりと煮る。水が足りなくなってきたら、もちろん、ヒタヒタになるまで足す。

とろけるように煮えた豚肉を、鍋のスープの中から取り出して、今度は脂身を下にドンブリに移し、ニンニク、ショウガ、醬油の中に漬けるのだが、よく冷ましてからでないと、崩れるだろう。

さて、冷蔵庫の中ででも冷やした挙句、少量のラードをフライパンに敷いて、バラ肉の脂身の方を静かに焼く。これは脂身に美しい焦目と、醬油味をつけたいからで、邱永漢君は、この時、ラードをたっぷり張って、カラ揚げするように焼く。

綺麗な焦目がついたら、取り出して、適宜の大きさに切るのだが、波多野須美女史は、大胆不敵、豚バラの筋にそって、はじからはじまで切り通して、ご馳走してくれたことがある。

適宜に切った肉片は、やっぱり脂身を下にして、ドンブリかボールにならべ、その上にネギをのせ、漬け汁にした醬油を加え、水アメを加え、ニンニク、ショウガを置き、ほんのかくし味のつもりでみそも足し、さっきの煮汁少々を加え、丁寧に蒸しあげれば、終わりである。蒸す時間は一時間以上――一日蒸したって構いはしない。

## イモの豚肉はさみ蒸し

先回は日曜一日を棒に振ってしまうような、痛快（？）な東坡肉《トンポーロ》の煮方、焼き方、蒸し方、を指南したつもりだが、うまく出来上がったろうか。

何しろ、手に触れればすぐに崩れるようにつくり上げるのだから、煮終わってから焼きに移る時、焼き上げてから切る時、など、いちいち冷蔵庫で、さまし、固めないとうまく処理できないのである。

例えば、最初の下煮をする時に、タマネギ一個丸ごと入れるといったのだが、私はいつもタマネギ一個を縦割りにして、バラ肉の塊が揺れ動かないように、肉と鍋のスキ間のところに、そのタマネギをさし込むことにしている。

また、ちょっと説明不足になっていたが、肉塊を食べ頃の大きさに切る時期は、蒸しにかかる直前だ。甘味料は水飴としておいたけれども、砂糖プラス水飴としておいた方がよいかも知れぬ。

さて、その説明の中に、もし、東坡肉ができそこなったって、ラーメンの焼豚代用にもってこいだし、唯今出さかりのセレベスイモなどと一緒に蒸し上げると、とてもおいしいイモ豚蒸しができると書いておいた。

そこで東坡肉をつくるついでのご馳走……といったらおこられるかもしれないが、東坡肉では、とてもまかないきれない場合など、イモに肉をはさんで蒸し上げる、素敵なご馳走を紹介しよう。

これは、邱永漢家でよくもてなしてくれる料理であり（だから多分広東料理）その流儀に従ったものと思ってもらいたい。

イモはサトイモでもよかろうが、サトイモでは小さすぎるから、やっぱり今から出盛ってくるセレベスイモとか、ヤツガシラとかが、一番よろしい。

そのセレベスイモなり、ヤツガシラなりの皮をむき、芯までハシが通るように丁寧に白煮して、笊にあけておく。

さて、バラ肉の方だが、東坡肉をつくる手順で、まず、五、六百グラムのバラ肉の塊を、脂身を上にして、小さい鍋にきっちり入れ、ヒタヒタに水をさす。油を加え、タマネギ一個を縦割りにして、肉塊が揺れ動かないように、鍋と肉の左右のスキ間につっこんでおこう。ニンニク一粒、八角粒（大ウイキョウ）一片を加えておいた方が、中国料理らしい匂いと味に近づくかもわからない。

コトコトと二時間ばかり煮る。

この肉塊を、今度は、スープの中から取り出して、脂身の方を下に、ドンブリにうつし、ニンニク、ショウガをすりおろし、醬油と酒（またはみりん）をかけ、そのままよくさます。

さめた肉塊の脂身の側を、ラードを敷いた中華鍋の中で、色よく焦がし、美しい焦目をつくりたいのである。つまり醬油と酒のしみた脂身を、ラードで焦がし、綺麗なキャラメルの色をつけたいわけである。

前回でも書いたように、邱永漢君は、この段階の時、タップリとした油の中で肉の全貌をカラ揚げにする。

さて、ボールの中にイモを入れ、そのイモを縦割りに三つ四つばかりに割り、その間々に、スライスしたバラ肉をはさんでゆく。つまり、油で焦目をつけたバラ肉を、ベーコンのようにスライスして、このイモの縦割りしたものの間々に、サンドイッチしてゆくわけだ。

ここで、みそとか、モロミとか、肉をひたした醬油とかを、イモの上にくっつけたり、かけたり、その上にネギをのっけ、肉の煮汁や酒をふりかけ、たっぷりと蒸すのである。つまり、イモにはさんだ東坡肉ができるわけだ。

## トンコツ

今回は、鹿児島の「トンコツ」をつくってみよう。

鹿児島は永いこと日本の最南端の独立王国であったから、琉球や、南海諸島や、中国の料理がまぎれ込んでいて、簡素で、豪快な庶民料理が数々ある。

「トンコツ」もまた、そのひとつであって、見栄を張らず、質実、剛健の、おいしい食べ物のひとつだろう。

黒豚の骨付バラ肉を材料にして煮込んだ、いってみれば、みそだきのおでんだが、焼酎と、黒砂糖を使うところが、おもしろく、また鹿児島らしい味わいになるのである。

しかし、アバラ骨のついたバラ肉など、今ごろではちょっと手に入れにくいから、豚のバラ肉を塊のまま四、五〇〇グラム買ってきて、ブツブツと大きく切ったらよいだろう。皮がついているものなら、なるべく、皮をつけたままがよい。しばらく、あちこちのデパートで、「スペア・リブ」といって、アバラ骨のまわりに肉のちょっぴりついたものを安く売っていて、これが理想的な「トンコツ」の材料だったが、この頃、あんまり見かけなくなった。

おそらく、朝鮮料理の店か何かにそっくりひきとられて、「ハモニカ」として、売出されているのだろう。

仕方がない。みなさんは骨のない「トンコツ」で我慢をして貰うが、私は、骨付のバラ肉を用意して貰った。

先ず、ニンニク一塊とタマネギ四分の一をみじんに切り、中華鍋に敷いた油で丁寧にいためよう。そこで火を強くして、骨付バラ肉を、少し焦目がつくまで、いためてゆく。いため終わったら、一挙に鍋いっぱいぐらいの水を加え、今度は中火でゆっくりと煮る。

ここで、よくアクをすくい、黒砂糖を少々、焼酎をコップ半杯ぐらい加えて、たんねんに、一時間ぐらい、煮込むわけである。

肉がとろけるように軟かくなってきたら、みそを入れる。みそは、みそ汁の時の倍ぐらい入れても、黒砂糖や焼酎の甘味があるから、からくならないはずだ。

この中に、おでんのように、自分の好みのものを何でも入れて煮込んでゆくわけだが、余り水っぽくなるものはよくないだろう。

コンニャク、豆腐、サトイモなど、なるべく大ぶりに切って、コトコトとトロ火で煮込むがよい。

アクを抜いたゴボウをブツブツ大きめに切って一緒に煮込むのもよろしく、長ネギを長いまま煮込むのもよろしく、またゆで卵だの、タケノコだの、シイタケだのを煮込めば、これは贅沢なご馳走になる。

時間を見はからって、カブを煮込むのもおいしく、今はサンショウの葉の匂いの高い時だから、大いに活用するがよい。コショウは勿論、また「花椒」といっているサンショウの実のまわりの殻など、もみ入れて、鍋の中に一緒に煮込んでおくと、よい匂いだ。

好みでは、食べる少し前の時間に、鍋の中へゴマ油を垂らし込むとまた素敵である。

## 「カキ油」いためニ料理

広東や香港の辺りに、菜心という野菜がある。いや、おそらくカラシ菜ならカラシ菜という野菜があって、その若い芽立ちか、タケノコのようなところを、菜心というのだと思うが、たしか、漢口のあたりでは菜台といっていた。

その菜心の「カキ油」いためという料理がある。大変おいしく、私はあちこち食べてまわったが、日本でやるのなら、グリーンアスパラが最適だろう。

少し贅沢だが、牛肉と一緒にいためれば、大変結構なご馳走になる。

まず牛肉に下味をつけておこう。

牛肉は、どうせ細長く切って使うのだから、上等の肉の切れっ端でよい。私はビフテキの肉を買ったりする時に、そのはじっこの方の余り肉を、肉屋から分けてもらってきておくならわしだ。

その肉片を細長く、短冊というか…、グリーンアスパラと同じ太さ、同じ長さぐらいに切り揃えて、ニンニク、ショウガ、酒、醤油（少なく）等で、下味をつけておく。時間にして、二、三十分がよいだろう。

次にグリーンアスパラを三つぐらいに切り揃え、中華鍋にラードを熱して、ほんの僅かばかりの塩を入れ、アスパラガスの根っ子の方を先にいためため、頃合を見はからって、アスパラの頭の方も加え、いため終わる。

油に塩を加えるのは緑色を残したい為で、あまり塩を多くすると、後に「カキ油」の塩味が加わるから、からくなり過ぎる。

グリーンアスパラは、十分な歯ざわりを残しておきたいものだ。

さて、アスパラは一たん皿にでも取っておいて、下味をつけた肉にカタクリ粉をまぶし、今度は強い火で肉をいためる。いため終わる寸前に、さっきのグリーンアスパラを加え、「カキ油」を垂らし込み、小匙一杯のゴマ油を落として、出来上がりだ。万一、焦げつくような感じがしたら、僅かな油を加えるとよい。熱いうちに食べるのが一番である。

さて、次に豚の小腸を少しばかり買って来よう。

豚の腸は、塩と酢でよく揉み洗って、一、二時間水煮をする。こんなことを苦にするのはよくないことで、大鍋にたっぷり水を張り、その中に、豚の腸を入れ、トロ火で煮るだけのことだから、何の手間も要らないではないか。

軟かくなった小腸は、もう一度よくよく水洗いして、水分を拭い去り、下味をつけるわけだが、小腸を五センチぐらいに切り、例によって、ニンニク、ショウガをつぶし刻み、少量の酒と、醬油をふりかけて、一時間ばかり、ひたしておくわけだ。

今度は豚モツの料理に添える野菜を用意しよう。ホウレンソウを一束（無ければ、コマツ菜だって何だってよい）よく洗って、長いまま、根っ子だけ取去って、揃えておく。

中華鍋に油（ラード）を敷き、強火に熱して、塩を一つまみ入れる。続いて、ホウレンソウを投げ入れて、いためあげ、いため終わる少し前に、熱湯をかけて、ホウレンソウのアクを抜くようにしながら、その熱湯を棄てる。

このホウレンソウの水気を切って洋皿の周囲に円形にならべる。

豚の小腸にカタクリ粉をまぶしつけ、ラードを熱して、いため終わるころ、「カキ油」を加えれば、出来上がりだ。ホウレンソウの円の中に、豚モツを置いて、モツとホウレンソウを一緒につまみ取るようにして食べる。

「カキ油」は中華材料店で売っている。

## ツユク

昨年韓国のあちこちを旅して廻った時に、「ツユク」という大変おいしい豚の前菜を食べた。

いってみればハムのような肉の薄切りを綺麗に皿にならべて、これをアミの塩辛を添えながら食べるのである。

酒のサカナに大変よろしく、これなら、自分でもつくれそうだと思っておそるおそる聞いてみたら、案内と通訳をしてくれた尹女史が、あちこちたしかめてまわってくれたばかりか、それを懇切丁寧に紙に書き認めてくれ、私はそれをもらって帰ったのである。

だから、その尹さんの処方箋を、そのまま書き写せばよろしいわけだが、折角スクラップに貼っておいたその記念の書付けを、友人に訊かれるままに、スクラップからはがし、リコピーしてみんなに頒けた。

挙句の果は、その尹さんの本文をどこかにしまい忘れてしまったから、原文を紹介できないのが残念だ。

しかし、私は何度もつくっている。次第に檀流になっていようが、構ったことはない。まず豚のロースか、肩ロースを塊のまま買ってきて、なるべく恰好よく、長方形か、方形に切り、面を取ろう。切り落としたハシタの方は、ほかの料理に使えばよい。

さて、その量だが、はじめは五〇〇グラムぐらいつくってみるのがよろしいだろう。

その豚肉の塊を、豚肉のチョッキリ入るぐらいの小さい鍋に入れて、なるべくスキ間のないようにしたい。ヒタヒタに水を入れる。この水を沢山入れることは禁物であって、煮汁を多くすると、スープは取れるかもしれないが、折角の豚の方がまずくなる。

ニンニク、ショウガ、ネギ一本をまるごと入れて、少し酒を加え、中火で四、五十分煮る。豚肉の真芯まで、完全に火が通りさえすればよいので、煮過ぎては、いけない。

なるべく、水は足さない方がよいが、火の加減で、あまり煮つまった時にはほんの少量の水を加えよう。

さて、煮上がった豚肉を、そのまま冷まし、手に取れるぐらいの温度になってきた時に、取り出して、綺麗な布巾で全体をつつむ。

これをドンブリとか、ボールとかに入れて中蓋をのせ、その上から重しをするわけだが、下にお皿をでも逆様に敷いておくがよい。

というのは豚の水分を少なくして、肉をしまらせるために重しをするのである。

私はいつも、卓上漬物器の底に皿を裏返して敷き、その上に布巾でくるんだ肉をのせて、重しをかけるのだが、あまり、ギュウギュウに締めることはない。

重しをかけたドンブリなり、卓上漬物器なりは、そのまま冷蔵庫に入れる。

食べ頃はその翌日あたりが一番のようだが、四、五日は大丈夫だ。

必要の時には取り出してハムのようにスライスして皿の上にならべ、アミの塩辛を横に置き、この塩辛をまぶしつけながら食べる。これが「ツユク」だ。オツなものである。

## 梅酢和え・蒸しナス

梅雨の時期ほど鬱陶しいものはない。

しかし、その梅雨の時期には、ミョウガタケだの、青ジソだの、ラッキョウだの、ハジカミ（新ショウガ）だの、ニンニクだの、さまざまの匂いのものが萌えたって、これをほどよくあしらいながら、酢のものや、漬物などを漬け込むと、一瞬の匂いや、歯ざわりが、梅雨の鬱陶しさを、なぎはらってくれるようにすら感じられる。

この頃、絶えてどこの家庭でも、食べなくなってしまったものに、梅酢の、即席漬けがある。

例えば、キュウリでも、ウリでも、スイカの食べ残しの中皮の部分だの、ミョウガタケ、キャベツ、セロリ、何でも、梅酢の中に一瞬漬け込むだけで、食欲不振の梅雨から夏にかけて、最適な日本式サラダが出来上がるのである。

私の少年の頃、九州の田舎では、どこの家でも梅雨期から夏にかけて、必ずこの梅酢漬けが、毎日のように食膳に供されたものだ。

思うに、家庭で梅干しを漬けることがなくなり、梅酢をどこの家にも手持ちしないから、このすばらしい日本的サラダが絶滅に瀕しかかったのであろう。

さて、順序は逆になるが、梅の出まわる頃、梅干しの漬け方をとくと研究することにして、今回はその梅干しの梅酢を手持ちしていると想定して、一つ二つ、梅酢漬けをやってみよう。むずかしい事も何もない。例えばウリだったらウリをまっ二つに割り、種子を抜き、その窪みのところに塩を一盛り、一、二時間乾したあげく、卓上漬物器ででも、押しをかけておこう。さて、適宜に切って、梅酢をかけて食べるわけだ。

キュウリなら、キュウリの皮をところどころ縦にむいて（つまり縞目をつける）、分厚くブツ切りにし、一瞬塩をして、もうそのまま梅酢をまぶすだけでよい。

ハジカミだったら、丁寧に洗い、塩熱湯をくぐらせてから、コップにでも梅酢を入れておいて、ハジカミの根のところを漬け込んだら、結構な口なおしになるだろう。

私が、梅雨期いつもつくる梅酢漬けは、キャベツと、ミョウガタケと、キュウリを合わせた日本式サラダである。

キャベツは一瞬熱湯をくぐらせて、ザクザク切り、キュウリは塩もみ、ミョウガタケはそのまま斜めに切って、全部をサラダボールの中でまぜ合わせ、梅酢をかける。そこへ、青ジソを刻み入れたら、こんなにスガスガしい梅雨時のサラダはないといってもよい程だ。
もちろん、セロリを加えてもよろしく、セロリはまたハジカミのようにコップの中へ梅酢を入れて、そこへ漬け込み、口なおしにするのが普通である。

さて、今一つ、今度は朝鮮風、乃至中国風の、ナスの前菜をつくってみよう。むずかしい事はない。ナスを芯まで煮えるように蒸しさえすればよい。その蒸しナスのへタの方に庖丁で切れ目を入れて、指先で縦に裂く。その縦裂きのナスを西洋皿に放射状にならべ、まん中に、煎りゴマをタタキゴマか半ずりのゴマにして盛り、ゴマ油と、酢醤油をかけながら食べる。好みではその酢醤油の中に、ニンニクをおろし込んでみるのもよいだろう。

## 梅干・ラッキョウ

梅雨の時期には、梅雨のどまん中から生えだしてきたようなさまざまの野菜を食べるのが、愉快でもあり、おいしくもあり、その時期の匂いを存分に楽しむこともできると、先回は申し上げた。

その一番手っ取り早い食べ方は、季節の野菜の梅酢和えだ、と申し添えたはずである。梅雨の季節に生え出してくる匂い高い野菜を、卓上漬物器か何かで一晩塩漬けにして、翌る日の朝、梅酢にひたし、青ジソでも刻んでふりかけて食べたら、まったく、梅雨時も愉快だな…、とそんなサッパリした気持になってくる。

ところが、残念なことに、この頃家庭で、梅干をつけるような暇な女性が無くなってきてしまって肝腎の梅干をつくらないから、梅酢も無く、梅酢和えなどつくりようが無い。

そこで、私は、忙がしいご婦人方にも、断乎として、梅干を漬けなさいと申し上げる。断乎として、ラッキョウをお漬けなさいと申し上げる。

時期は今だ。

梅干だの、ラッキョウだの、何だか、むずかしい、七めんどうくさい、神々しい、神がかりでなくっちゃとてもできっこない、というようなことを勿体ぶって申し述べる先生方のいうことを、一切聞くな。檀のいうことを聞け。

梅干だって、ラッキョウだって、塩に漬ければ、それで出来上がる。嘘じゃない。塩に漬けるだけだ。勿体ぶったことは何もない。ガラス瓶を一つきばって、そこの中に漬け込み、床の間に置き、その出来上がりの梅干だの、ラッキョウだのを、毎日チラチラと生花のつもりで眺めて見るのは、愉快なことではないか。その梅干だの、ラッキョウだのの味の変化を、時々舐めてみたり、味わってみたりするのは、尚更痛快なことではないか。

さて、善は急げ。

まず千円きばって、梅の実を四キロばかり買って来よう。梅干に漬ける梅は、少々黄色くなっている方がよいかもしれないが、なに、青くたって構わない。

ただ、その梅のアクを抜けばよいわけで、一晩バケツの中で、水にひたしておこう。

さて、翌る日、バケツの梅をよく洗って、ザルに取り出す。梅のヘタなど、できたら丁寧に取りのぞく方がよろしかろう。

梅がまだ濡れているうちに、もとのバケツに返し、塩一・二キロばかりふりかけてまぜ合わせる。押しぶたをし、重しをするのだが、塩がしみるにつれて、うんと重い重しにしたらよい。

はじめからシソの葉と合わせてもよろしいけれど、まず梅を確実に漬け込んでおいて、シソはまた出盛りに買おう。その用意の為にいっておくけれど、四キロの梅には、赤いシソの葉一キロぐらいほしいところである。

ラッキョウは泥ラッキョウを、いまのうちに四キロばかり買ってきて（一キロ七十円見当）、そして漬け込みさえすれば、ふつうの家族なら一年食べられるだろう。泥ラッキョウは大ざっぱに洗い、塩を六〇〇グラムくらい入れてよくまぶし、軽い重しをする。水が上がらなかったら、少量の水を入れればよい。

漬け込んだ梅やラッキョウは、塩蔵されたわけで、保存に耐えることになる。

塩を多くすれば、かびたり腐敗したりすることが少ないわけで、はじめて梅を漬けたり、ラッキョウを漬けたりする時には塩を多目にする方が無難である。

かびたり、腐敗させたりしないですむということだ。

しかし、梅干の漬け上手の人や、ラッキョウの漬け上手の人は、余り塩からくすることを嫌い、かびたり、腐ったりする直前の、スレスレのところで、うまく、つくり上げることが自慢だから、秘法秘伝ということになる。

私の方法は、多少しょっぱくても、漬けるのは漬けないのに勝る。その漬け方も、大いに手数をはぶいて簡単にやらかせ、というわけだから、梅、ラッキョウの漬け込み入門には、私の方法が一番よろしく、あとは楽しみながら、だんだんと深入りして、さまざまにやってみるがよいだろう。

さて、そろそろラッキョウの水があがったでしょう。この塩ラッキョウは、大体一、二年の保存に耐えるはずだから、その都度取り出して整理しながら、甘酢ラッキョウに漬け込んでみたり、梅酢ラッキョウに漬け込んでみたり、ベッコウ漬けに漬け込んでみたり、一年中飽きることがない。

つまり、塩漬ラッキョウを取り出し、一皮むき、両端を切りそろえ、これに酢をかけ、氷砂糖を入れるだけで甘酢ラッキョウになる。

ただしだ。塩漬ラッキョウの塩が効きすぎているかもしれないから、ラッキョウを二、三時間水に漬けて塩抜きし、別にお鍋の中に適当の塩水をつくり、酢を足し、トウガラシを入れ、一度沸騰させて、この液をさまして漬け込むのがよいかもわからない。氷砂糖は好きな量だけ入れて、静かにその甘酢がラッキョウに浸みつくのを待つわけだが、さあ、二十日目頃から、おいしいはずだ。

私のオフクロは、たぎらせた塩酢の熱い液体にラッキョウをくぐらせる流儀だが、この方法が歯ざわりがよいといっている。梅酢に漬け込めばラッキョウの梅酢漬けだし、お醤油を少し垂らして漬け込めば、ベッコウ色になるからベッコウ漬けという次第である。

さて、梅の塩酢の上がり具合はどんなものだろう。そろそろ赤いシソが出廻ってきた頃だ。シソを思い切り多く買ってきて、葉を取り、よく水洗いしよう。このシソの葉をよく塩もみにして、黒いアク汁をしぼり取る。アクが残ると、味も色も、よくないのである。よくアクを抜き取ったシソの葉を、梅の塩漬けの液の中に加えると、忽ち美しいアカネ色の梅酢の発色を見るだろう。この梅酢をつくるだけでも、梅干をつけることの仕合わせは感じられる。

さて、土用に入った頃の晴間を見て、梅とシソを梅酢の中から取り出して、昼は日乾し、夜はまた梅酢の中に戻す。

快晴の日に、これを三日ばかり繰り返すと、梅の実の皮も、肉果もやわらかく、しみじみとした梅干が出来上がるのである。

この後、梅酢を別の瓶に取り去ってしまうのが好きな地方と、いつまでも梅酢につけておく地方と、いろいろある。

# 夏から秋へ

## 柿の葉ずし

柿の葉っぱの色どりの美しいうちに、柿の葉ずしをつくってみよう。はしりの新巻《あらまき》ザケを一本貰ったりしたら、毎日毎日塩焼ばかりつくらないで、時には酒の粕汁で煮込んだり、時には、それこそ柿の葉ずしを仕込んで友人達に配ってみたり、やってみるがよい。

この柿の葉ずしのつくり方は、谷崎潤一郎氏が「陰翳礼讃」という随筆の中で、吉野の山の中に伝わっていた、柿の葉ずしの作り方を丁寧に書いておられて、その通りに、私も何度もやってみたが、サケの肉がまるですき透るような色どりになり、塩カラ味が抜けて、柿の葉の色と一緒に、メデタイ、サケのすしになるから、今回は谷崎潤一郎氏が書いておられる通りに取り次いでおくことにしよう。

白米一升を少し固めにたく。ちょうど釜がふいてきた時に酒一合を加えるのである。

ご飯がむれ終わったら、完全に冷たくなるまでさましたあとで手に薄く塩をつけながら、そのご飯をちょっと小さめのオニギリにしっかりと固くにぎる。この時、なるべく、手に水気をつけないようにして、塩ばかりでにぎるのが秘訣だと谷崎さんは書いておられる。

さて、新巻ザケを刺身のように薄く切り、このサケの肉片をオニギリの上にのせながら、柿の葉の中に包み込むわけである。柿の葉も、サケの肉も、よく水気をふきとっておいて、柿の葉の表の側を内側にして巻き込むのである。

こうして包み終わったすしを、飯びつとか、すし桶とか、何でもよろしい、丁寧に並べていって、スキ間のないようにすしをつめ、その上から押し蓋をして、漬物石ぐらいの重しをのせておく。

前夜漬けたら、その翌朝あたりから食べることができて、その日一日が一番おいしく、二、三日ぐらいは食べられる。

食べる時に、ちょっとタデの葉で酢をふりかけるのである。

谷崎潤一郎氏は、あらまし、こんなふうに書かれておられるが、私も一年に二、三度は必ずといっていいほどつくってみる。

水気を絶対になくすることと、ご飯を完全に冷ますことが秘訣であって、出来上がると塩ザケが、まるでナマのように半透明に生き返ってくるのである。

さて、ついでの事にもう一つ塩サバでつくる柿の葉ずしを紹介しておこう。

初めに、すしご飯を少し甘めにつくっておく。これは普通のすしご飯で、酢と砂糖でご飯に味をつけるわけであるが、塩サバを薄く切り、すしメシのオニギリの上にその塩サバの肉片をのせて、同じように、柿の葉の中に包み込む。

やっぱり、飯びつとか、すし桶とか、タルの中につめ合わせて、少しばかりのお酒を霧吹きのようにかけ、しっかり押し蓋をし、重しをし、二日、三日目頃が食べ頃である。

どちらも、おなじ柿の葉ずしであり、全くおなじ料理なのであるが、好みによって、すしメシにしたり、塩ザケにしたり、塩サバにしたりするわけである。

どちらも、夏の食べ物で、これを食べると、中気にならないという言い伝えがあるそうだ。

## インロウ漬け

今からシロウリのよく出廻る時期だし、タデだの、ミョウガだの、青ジソだの、若ショウガだの、青トウガラシ等、匂いの高い、蔬菜類の豊富な時期だから、ひとつ、「印籠漬《いんろう》」という古典的な漬物の漬け方を紹介しておこう。

「インロウ漬」だなどと、名前はモノモノしいが、なにも勿体のついた漬物でも、むずかしい漬物でも、なんでもない。

ただ、季節の匂いと歯ざわりを、存分にとり合わせながら漬け込むだけのことだ。

名前にビクついたり、オソレをなしたり、材料のナニが足りない、カニが足りないなどと、戸惑うことはないのである。

あるものだけで結構だ。あるものだけをシロウリの胴体の中に詰め合わせて、塩をし、重しをかけて、小口から切って食べる。愉快である。夏の食欲増進に大いによろしい。

そこでシロウリを二、三本買って来よう。ついでに、青ジソを一くくり。獅子唐《ししとう》を少々。ミョウガタケでもあったらこんな仕合わせなことはない。若ショウガはちょうど出盛っているはずだから、これも買って帰る。穂タデはちょっと無理だろうが、こんなものは、無ければはぶく。

まずシロウリの両端を二センチばかり切り落とす。両端を切り落としたシロウリを、長さにもよるが、半分ぐらいの筒切りに切る。シロウリの種子のところをくり抜いて、トンネルを通すわけである。

むずかしいことでも何でもない。なるべく細長いスプーン（カクテル用のものなら一番だが…）を使いながら、シロウリの種子のまわりのヌラヌラの部分を掘り出してしまうだけである。

そのシロウリのそとにも中にも、薄く塩をしよう。

青ジソは塩で揉んで、ちょっとアクを抜き、この青ジソの中に、ミョウガタケだの、若ショウガだの、青トウガラシだの、穂タデだのを塩をしながら、くるみ込んで、さしこんでゆくだけだ。少し長目にさしこんでおいて、漬かってから切り揃える方がよい。

穴が余りに太過ぎたら、ナスの白い肉の部分をほどよく切り取って、しばらく水にさらし、塩をして、青ジソの中に一緒にくるみ込むとよい。

　というのは、熊谷の界隈に、「インロウ漬」のやかましい先生が居て、シロナスがなかったらシロウリの「インロウ漬」は絶対できないようなことをおっしゃるのである。シロナスというのは白くて青いナスで、なるほど、「インロウ漬」に一緒に漬け込む時に、ウリの穴が太過ぎたら、その場ふさぎに便利だが、シロナスを探す方がよっぽどむずかしい。

　だから、私はナスの皮をむき、白い肉の部分をあく抜きして、こっそり包み込み、シロナスを使ってますよとシラを切るならわしだ。

　無いものは、無くてすませるに限る。

　タデだって有ればタデ特有のカラ味がつくが、無ければシロウリと、青ジソと、ミョウガタケだけでも実に充分なものだ。

　卓上漬物器で充分に重しをすると二日、三日目頃、素敵なはずだ。小口切りにして食べる。

　さてついでに、切干ダイコンのハリハリ漬をやってみよう。地方によって、「五分漬」とか、「アチャラ漬」とか、さまざまに呼ぶが、五分ぐらいの長さに切るから、五分漬だ。細いせん切りの切干ダイコンでもよいが、太い方がよろしく、鋏でそれこそ五分（一センチ）ぐらいに切ってゆこう。

　切り終わったらドンブリに入れ、一瞬たぎる熱湯をくぐらせる。そのあとで、コンブや、種子ぬきのトウガラシと一緒に瓶につめ、半々ぐらいの酢と淡口醬油をひたひたにそそぐ。

胡椒とサンショウを振り込んでおいて、二日目ぐらいから食べられる。

## ソーメン

鬱陶しい梅雨が明けて、夏の日にソーメンというのは、まったく嬉しいものである。山あいの湧き清水にゆでさらしたソーメンなどをご馳走になると、ああ、こんなにうまいものがあったのかと、まわりの木立の蔭や、苔の匂いと一緒に、ほんとうに生き返るような心地がするものだ。夏のソーメンは有難い。

何も湧き清水でなくったって、いつでも、電気冷蔵庫の氷が使える私達は、その氷とソーメンをドンブリに浮べて、その気にさえなれば、いつだって深山幽谷に遊んでいるつもりになれるだろう。

ただ、ソーメンをスメ（ツユ）に浮べてすすりこむだけでは、口にはおいしいにちがいないけれども、夏バテするにきまっている。

そこで、ソーメンをすする時にも、少しく奮闘して、さまざまの薬味を、ソーメンのまわりにならべながら、さすがは我家のソーメンだと、亭主をびっくりさせてみることにしよう。

薬味のサラシネギは誰でもつくる。ゴマを煎って、叩きゴマか、半ずりのゴマにしておくならば、薬味は二品ということになるだろう。

いや、シイタケを二つばかりきばって、よくもどし、そのモドシ汁ごと、ソーメンのツユの中に入れて煮ておいて、やがてそのシイタケをせんに切るならば、ソーメンの薬味は、遂に三品ということになる。

もう一品、鶏の挽肉を一〇〇グラムきばって、ソーメンのツユを煮上げたついでに、そのツユを少しく手鍋に取り、挽肉を入れ、いりつけるようにして一煮立てして、すくい取るならば、薬味は遂に四品となる。

唯今、鶏の挽肉をすくいあげたが、そのあとに濃厚なダシが残るだろう。そこでナスをせんに切り、水によくさらして、充分にアクを抜いてから、その濃厚なダシで、煮付けるならば、薬味は堂々五品になる。

手順さえよろしくやれば、十分か十五分の奮闘ですむことだ。

あと一品、お子様にも喜ばれるように、サラダ油かゴマ油を使って、いり卵をつくっておこう。すると薬味の皿数は六品になる。事のついでだ。ダイコンおろしをおろしておくなら、薬味がとうとう七品ということになった。

何だっていいのである。ソーメンをすする時にも、さまざまの副菜を用意して、ソーメンのツユに浮べたら、たのしくもあり、ゆたかな感じになり、夏バテを防げるということだ。

唯今列記した薬味の類は、また煮ソバの薬味にもってこいだ。

煮ソバというのは、ソバの蒸してない生のままのものを買ってきて、スキヤキ鍋や、土鍋に湯をたぎらせ、ソバをまるごとぶちこんで、煮えあがった頃、鍋物をつつくあんばいに、箸でソバツユに取って食べる。その時の薬味に絶好だから、覚えておくがよい。申し忘れたが、ソーメンのツユには、おろしショウガの薬味が真っ先にほしい。

ツユの味つけは次回に伝授しよう。

## 釜揚げうどん

ソーメンをサラサラすすり込むのは、夏の日の日本の愉快と仕合わせだといった。ただし、ソーメンをサラサラすすり込むだけでは、ノド元は涼しかろうが、夏バテがやってくるに相違なく、自分の体がソーメンのようになるだろう。だから、通人ぶることはやめて、さまざまの、種のモノや、薬味の類を多量に加えながら食べる方がよろしかろうと申し上げた。

さて、そのソーメンをすすり込む時のツケ汁だが、関東流のソバツユより、関西流のコンブとカツブシを使用し淡口醬油で味つけをした方がソーメンや、うどんにはよろしいように思う。

そのツケ汁の簡単なつくり方を申し上げれば、まずダシコブを水の中につけて置いて、火を入れ、煮立ってくる少し前に、削ったカツブシを加え、好みの酒やみりんを加え、淡口醬油で味をつけて、沸騰まもなく火をとめ、カツブシやコンブをとりのぞく。

少し贅沢だと思ったら、二番ダシを取って、ほかの煮物に活用すればよい。九州ではソーメンには煮干のダシを使うことが多いから、もちろん、煮干結構である。

ただ関東流の本ガエシとダシ汁を合わせる流儀より、うどん、ソーメンの類は、関西流に色淡く、カツブシの匂いを残した方がよろしいように思う。

前回、さまざまの種のものや薬味を添えたソーメンをおすすめしたから、今回はひとつ、大いに簡単な「釜揚げうどん」をつくっていただくことにしよう。

そのうどんのツケ汁はただ今申し上げた通りのものでよろしい。少し大き目の受け皿（グラスの受け皿でも何でもよろしいが）にたっぷりツケ汁を入れ、おろしショウガ、ダイコンおろし、ワケギの薬味を加える。ネギより、ワケギの青味が関西調のツケ汁には合うだろう。

さて、このツケ汁の中に、天プラの揚玉を入れた変り種の、釜揚うどんである。

揚玉をつくるのが面倒くさいから、天プラ屋から買って来ようと仰言る方は、どうぞ買っていらっしゃい。

しかし、揚玉ぐらい、手製の、サラサラした、粒の小さいものを、工夫してつくってみたらどうだろう。

小さい手鍋に、サラダ油を張ろう。ゴマ油のサラダ油など売っているから、そのゴマ油のサラダ油を、きばって使ってみるのもおもしろい。

別に、ドンブリの中に、うどん粉を少しサラサラするくらい薄目に水でとき、これを、お茶の茶筌で掬っては、煮立った手鍋の油の中に散らすのである。茶筌でなくて、竹のササラでも勿論結構だ。

するとみじんの揚玉ができる。

揚玉は、皿の上に紙を敷いてならべる。腰のつよい生うどんを買ってきて鍋の中でゆがき、そのゆで汁ごと大きなドンブリに盛ってきて、熱いうどんを受け皿のツケ汁につけながら食べるわけだ。そのツケ汁に揚玉を好みの量だけ加えると、大変おいしい。

## ヒヤッ汁

鬱陶しい梅雨が明ける頃になってくると、鹿児島や宮崎のあたりでは、家ごとに、お家自慢の「ヒヤッ汁（ちる）」がつくられる。

簡単にいってしまうなら、麦メシをたいて、その熱い麦メシをお椀に盛り、その上から、濃いめのダシでドロドロにといたみその汁をつめたく冷やして、その熱い麦メシの上にかけながら、これをトロロのあんばいにゾロゾロとすすり込むようにして食べる。

薬味に、ネギだの、青ジソだの、サンショウの葉っぱだの、ミョウガだの、ショウガだの、キュウリだの、ノリだの、時にはコンニャクのせん切りだのを、きざんでのっけて食べると、何かこう、鬱陶しい梅雨が晴れわたって、暑い夏を迎える勇気がコンコンと湧いてくるような、痛快な真夏の味がするから、ひとつ「ヒヤッ汁」のつくり方ぐらい覚えこんで、気息エンエンの亭主を大いにはげましてあげなさい。

鹿児島や宮崎のあたりは、ホトトギスが啼くトビウオの盛期であり、そのトビウオの干物に熱湯をかけて、こまかにほぐし、更に酒につけたものを、この「ヒヤッ汁」に添えるならわしのようである。

四国の宇和島にも、ちょうどおなじような料理があって、正直に「サツマ汁」といっているから、九州南端の「ヒヤッ汁」が、やっぱり、この料理の元祖ということになるだろう。

さて、はじめに小アジを五〇〇グラム買って、魚屋にゼイゴとハラワタだけを抜いてもらう。

ガスレンジの両脇に煉瓦を置き、少し遠火のつもりで、金網をのせる。ガスの炎のすぐ上に鉄板の魚焼を敷いておくと、金網の上までガスのジカ火がとどかないから、アジが程よくコンガリと素焼にできるようだ。

この時、ついでに、菓子箱の蓋か何か、ほどよい杉板を見つけて、みそを全面にぬりつけ、片一方につっかい棒をつけながら、一緒にみそも丁寧にあぶっておくがよい。

そこで、スリ鉢を取り出して、煎りたての白ゴマをまずよくする。

そろそろ、アジが焼けた頃だろう。アジは頭と皮と骨をはずしてお鍋に入れ、その綺麗な身だけをスリ鉢に入れてゆく。さあ、全部終わった。頭と皮と骨を入れたお鍋には水をたっぷり入れて、中火で煮る。濃いめのダシをつくるわけである。

アジの身を入れたスリ鉢の方は、スリコギでトントンつき、アジの身をよくよくほぐし、ほぐし終わったら、丁寧に遠火であぶったみそも、残らずそのスリ鉢の中に加えなさい。

みそとアジとゴマの割合はどうするかって？　どうだっていい。アジとみそを半々にし、ゴマを一割ぐらいのつもりでやってみてごらんなさい。

全体をよくすったら、スリ鉢の底全面に、そのアジゴマみそをくっつけ、ひろげて、もう一度、スリ鉢ごと逆様にしながら、金網の上であぶる。

あとは、アジの頭と骨と皮からとったダシで、ドロドロのトロロ汁ぐらいにのばしてゆくだけだが、ダシを入れる前にあぶったアジゴマみそを少しばかりのけておくと、別の料理の時に重宝する（これは次項）。

出来上がった「ヒヤッ汁」は冷蔵庫でよくさましておこう。

さて麦と米を半々ぐらいにして麦ご飯をたきあげ、その熱いご飯をお椀に盛る。ネギだの、青ジソだの、ノリだの、サンショウだの、コンニャクのせん切りだの、思いつくままの薬味を、その麦ご飯の上にのせ、その上から「ヒヤッ汁」をかけてすするようにして食べる。

## アジゴマみそのデンガク

暑い時には、暑い国の料理がよろしく、寒い時には、寒い国の料理がよろしいものだ。

先回紹介した「ヒヤッ汁」は薩摩や日向のお惣菜であり、暑い夏の盛りに、元来は、大麦だけをたいた、その熱い麦メシの上に、冷めたい「ヒヤッ汁」をかけて食べるところが、熱気の中に涼をそえる、愉快なところである。

さて、その折「アジゴマみそ」を、少しばかり、残しておきなさい、といったはずだ。足りないと思ったら、少し余分につくっておけばよいので、アジを五〇〇グラム使うところを、七〇〇グラムぐらいきばっておいて、二〜三〇〇グラム分の「アジゴマみそ」を別にしておくと、たちどころに、種類の違った料理に転化することができて、大変重宝するのである。

「アジゴマみそ」のつくり方を、もう一度簡単に復習しておくと、まず煎りたてのゴマをスリ鉢でよくつぶす。そこへ、素焼のアジの身をほぐしこんで、よくすり、よくほぐす。

これにあぶったみそを加えてもう一度よくスリ鉢でするだけのことだが、このみそをよくよくあぶることが味と香りをひきたてる肝腎なことだ。

鹿児島や宮崎では、みそを団子のように丸めて串にさしてあぶったり、金網の上であぶったりしているし、宇和島ではみそをスリ鉢の底全体にベッタリなすりつけてそのスリ鉢を火の上に逆様に置いてあぶる。

幸田露伴先生は、短冊掛けの杉板にみそをなすりつけて、火にあぶるのが一番よろしいと痛快なことをいっておられるが、おそらく先生の短冊掛けなら、神代杉とか屋久杉とか千年の杉の香がしみついて、みそはたぐい稀な香気を発するだろう。

風雅な話はこれくらいにしておくが、要するに、みそにあまり焦目をつけないように注意しながら、丁寧にあぶり、中まで火気を通すことが肝要である。そのみそをゴマやアジと一緒にしてまたよくすり、出来上がったアジゴマみそを、団子にまるめるなり、板にぬりつけるなり、スリ鉢の底になすりつけるなりして、もう一度丁寧にあぶる。これは大切なことだ。

アジの生ぐささを消し、みそとゴマとアジの香ばしい混然一体のアジゴマみそを仕上げるのである。

「ヒヤッ汁」をつくる前に、あらかじめ、のけておくアジゴマみそは団子に丸め、串にさして、別にしておくがよい。

使う度に、もう一度丁寧にあぶれるからだ。

このよくあぶったアジゴマみそをデンガクのみそ代りに使うと大変おいしいのである。つまり、フロフキダイコンとか、サトイモとか、豆腐とか、コンニャクとかを水煮して、よく水分を拭い去ったものに、このアジゴマみそを添えると、素敵な酒のサカナがたちどころに出来上がる。

つまり「ヒヤッ汁」をつくる副産物として、もう一品、しゃれたデンガクがうまれたわけだ。これは大分のあたりでよくやる料理だが、名前を何といったか忘れてしまったから、アジゴマみそのデンガクとでも覚えておきなさい。

もう一品。そのアジゴマみそで即座につくれる料理は「酢みそ和え」だ。アジゴマみそに砂糖をほんの一つまみ加え、カラシ粉を入れ、酢をたらし、かきまわしさえすれば、素敵な

「酢みそ」になること請合いだから、イカでも、コンニャクでも、生シイタケでも、何でもよろしい。塩をおとして水煮したものに、この酢にといた「アジゴマみそ酢」をまぶしつけて、青ジソの葉とか、サンショウの葉とかちょっと散らせば、亭主はびっくりして、うわずってしまうかもわからない。

## ユナマス

暑い時には、暑い国の料理を！　ということで、「ヒヤッ汁」だの、アジゴマみそのデンガクなどを指南したが、もう一回、日向や、大隅、薩摩あたりに伝わる、「ユナマス」のつくり方を紹介して、しばらく、南日本からお別れということにしよう。

ユナマスという呼び名もゆかしいし、夏の日、冬の日、いずれにもよろしい、南国の、素朴なお惣菜である。

先回も、先々回も、アジをそのまま素焼きして、ゴマや、みそとすり合わせたが、今回は素焼きしたアジの身を、そのままほぐして使う料理だから、「ヒヤッ汁」をつくったり、アジゴマみその「デンガク」をつくったりする時に、少し余分にアジを素焼きしておいて、その肉のところを、ほぐして、のけておくと、一挙に、「ヒヤッ汁」と「デンガク」と「酢みそ和え」と「ユナマス」ができるわけである。

さて、ダイコン半本ぐらいの皮をむいて、せん切りにする。せん切りにするというより、せんにおろす道具を使って、「ザクザク」と手早く、大マカにやるがよい。むかしから割竹のはじっこのところに刃がついたおろし器があったし、今はアクリル製のさまざまな形に切れるオロシ器があるから、何でも使って、大マカなせんにおろせばよいのである。

実は日向のあたりに、むかしから「ゴロゴロオロシ」という愉快な、不恰好なおろし器があって、これでやると、「ユナマス」にはもってこいに、太かったり、細かったり、つぶれていたり、シャキシャキしたりする千変万化の形に、ダイコンが切れるのだが、いまごろ「ゴロゴロオロシ」なんか、手に入れる方がむずかしい。

そこで、私は近代の大型おろし金で、せんにおろしたり、薄切りにおろしたり、ただのダイコンおろしにおろしたりして、一挙にダイコンをおろしあげ、これに、色どりとして、ニンジンを一本ばかり、おなじように、おろし込み、これで用意ができた。

土鍋の大きいのが一番よいが、なかったら中華鍋を火にかけ、サラダ油を少しばかり入れる。さあ、大サジ三杯ぐらいのつもりがよいだろう。

鍋が熱したら、豆腐を半丁、手でもみほぐしながら油いためする。つづいて、せん切りにおろしたダイコン、ニンジンを一挙に入れ、一緒にいためてゆくのである。

この時、火力を強くして一挙にいためる方がよい。弱いダラダラ火では、おいしく出来上がらないから、注意が肝腎だ。

さて、ダイコン、ニンジンに火が通ったと思ったら、少しばかり、ダシ汁を入れる。塩と淡口醤油を入れて、味加減をととのえるのだが、普通の醤油では、折角のダイコンやニンジンの白と赤がよごれてしまうから、なるべく塩だけか、淡口醤油にしよう。

もう一度たぎってきたところへ、素焼きのアジの身のほぐしたものを、残らず入れる。かきまわす。最後に、ワケギか、ネギのブツ切りにしたものを投げ入れて、青みを添え（九州のネギは青い）、酢（またはレモン汁）をたらしこむ。ネギの青味のまだなまなましいころ、ゴマ油を小匙一杯ぐらいたらしこんで、火をとめる。

これで出来上がりだ。白と、赤と、青の、色どり美しく、ナマスらしいすっぱさが口にひろがれば結構で、ゴマ油は、アジのなまぐさい臭気消しだと思っておくがよい。

出来上がりに、ユズの皮のみじん切りをほんの一つまみ加えるなら、もっと素晴しいだろう。

## カレーライス（西欧式）

暑い時には、暑い国の料理がよろしい、と私は繰り返しいったつもりだ。

そこで、真っ先に思い出すのは、インドやジャワのカレー料理である。

みなさんが、カレーライスと呼んで、日本中の誰にも彼にも親しまれているあのドロリとしたカレーライスは、ラーメンと同様、日本独自の発達を遂げた、日本式カレーであって、私も大層好きだ。

どこかの町に出かけていって、その町の食堂に腰をおろしながら、ラードでまんべんなくまぶしつくしたような、カレーライスを食べるのは、旅の楽しみの一つでさえある。

大雑把にいうと、カレーライスには二種類あって、一つは、インド式のカレー料理であり、もう一つは西欧式のカレー料理である。

と、いうより、西欧人が、インドのカレー料理を、インド式につくるより、西欧式につくった方が、簡単でもあり、手馴れてもおり、口にも合うと、そう思って西欧式に、つくり変えてしまったのが、西欧式のカレー料理で、私達が日頃食べ馴れているカレーライスは、その西欧式の流れを汲むものだろう。

そこで一番簡単で、おいしい、その西欧式カレーライスのつくり方をまず紹介してから、インド式カレー料理に移ることにしよう。

インドでは、ルーをつくって、カレー汁にとろみをつけることをしない。ギーという乳製油とか、植物油とか、椰子の実の汁とかを、たんねんにいためて、とろみをつけるのだが、西欧式だと、メリケン粉で、ルーをつくって、カレー汁のとろみをつけるわけである。

私がはじめに紹介するのは、西欧式の、一番手っとり早い、カレーライスだ。

まず、タマネギを大量に油いためする。左様、五人前ならタマネギ五個ぐらいの意気込みで、まず二つ割りにし、それを薄くスライスしてゆく。

ザル一杯の薄切りタマネギが出来上がるだろう。これを、なるべく分厚いフライパンか、中華鍋か、大鍋で、サラダ油半分、バター半分ぐらいの油で、丁寧にいためるのである。もちろん、嫌でさえなかったら、ニンニクをスライスして、一緒にいためる方が、ずっとおいしい。

丁寧にいためるといったのは、時間をかけるということで、トロ火で、なるべくゆっくりいためる方がよい。鍋さえ厚かったらあまりこげつくことがないから、テレビでも見ながら、時折まぜてやるだけで、一時間あまりいためる方がよいだろう。

もとのタマネギの四分の一ぐらいの量になり、狐色に色づいて、ほとんど汁気がなくなった頃メリケン粉を茶碗に半杯ぐらい加える。一緒によくいため合わせた挙句に、カレー粉も加えて、スープか水かで、たんねんにときのばす。

さて、別のフライパンで、好みの肉をいためよう。豚の小間切れでも、三枚肉でも、牛肉のブツ切りでも、鶏でも、何でもよろしい。

強火で、サラダ油とバターで、手早くいため、その中にジャガイモや、ニンジンや、シイタケなど好みの具のサイの目に切ったものを加えながら、しばらくいためる。

よく火が通った頃、肉とジャガイモとニンジンやシイタケなどを、もとのタマネギの大鍋に移し、ゆっくりとトロ火で煮る。

この時、できたら、月桂樹の葉っぱだの、パセリのシンだの、クローブだの、タイムだの、好みの香料をゆわえて入れる方がよい。

更にチャツネを加えるのがよろしいが、無かったら、ジャムとトマト・ピューレを入れてみてご覧なさい。塩で味をつけ、ウスター・ソースで味を足し、出来上がった頃、もう一度カレー粉を追加するがよい。

## カレーライス（インド式）

ひとつ、今夏はサフランの香気を充分にもりあわせたインド式のカレーをつくって、残暑の耐えがたさを、一ぺんに吹きとばそう。

カレーの料理は、みんな特有の黄色い色を呈しているが、あれは、カレーをつくるときの香辛料の中に、サフランとかターメリッグとか、真っ黄色い香草を混入するからだ。

サフランはサフランの花柱を陰乾しにしてつくった真っ黄色の香りの高い薬草だが、血のめぐりがよくなると言われ、胃腸によろしく、また素敵な鎮静の作用をもっている。

しかし、小さな花の花芯のあたりだけを集めて乾すのだから、値段も高い。

そこで、普通のカレー粉には、サフランなど入れておらず、ターメリッグという、ヒネショウガのような黄色い根茎を使うのである。

インドでは、さまざまの香辛料を、自分の好みによせ集めて、石ウスでつき、これをカレーの中に入れるわけだが、そんな手間ヒマの持ち合わせがないわれわれは、カレー粉という便利な調合された香辛料を使うわけだ。

ただ、少しばかりぜいたくのつもりで、サフランだけは、生粋のものを使ってみよう。サフランは薬屋とか、漢方薬屋とか、デパートの香辛料の部に、一ビン四百円ぐらいで売っている。一ビンといったって、ほんの僅かで、五、六人前のカレーをつくるのなら、一ビンの三分の一ぐらいは使わなくてはならぬ。

はじめにサフランを庖丁で細かくきざみ、コップの中に入れて、熱湯をそそぎかけておく。発色をよくするためだ。

きょうの材料は水たき用の鶏のブツ切りをおもな材料ということにして、鶏のブツ切り六〇〇グラムぐらいを買っておこう。

まず最初に、タマネギをほんの僅か薄切りにして、ニンニクやショウガの薄切りと一緒に、サラダ油とバターで、黒い焦目がつくぐらいにいため、油をしためて紙の上にのせておく。これはあとでカレーの色をよくするためと、香気を加えるためだ。

インドカレーは、メリケン粉のつなぎを使わず、主としてギーという乳製の脂でいためながら、少しずつ少しずつ、トロミを出してゆくわけだが、サラダ油とバターを半々ぐらいに使ったら、わが家のカレーは、上等の部にはいるだろう。

中華鍋の中で鶏六〇〇グラムを、少し多い目のサラダ油とバターで、いためよう。この時もちろんニンニクも一緒にいためたほうがおいしいはずだ。

さて、鶏の表面に焦目がついたころ、荒くブツブツに切ったタマネギ三個分ぐらいを加える。ジャガイモやニンジンも入れたかったら、ほかのフライパンで、別にいためておくほうが無難である。

　鶏とタマネギがほどよくいため終わったら、コップの熱湯につけておいたサフランを残らず鶏とタマネギの上にかける。よくまぜ合わせながら、カレー粉も加えよう。

　少しスープかトマト・ジュースを足して、鶏とタマネギを焦げつかぬていど、つまりヒタヒタよりちょっと少な目の汁加減にしておく。このとき、トウガラシをまるのまま二本、ソッと脇のほうに入れておき、できたら、カラシの実とか、粒コショウの実とかを荒くひいて加えておくほうがよい。

　一番はじめに、半こがしに、いためておいたタマネギを指先でもんで散らし、トマト・ピューレとか、チャツネとか、なければ、ジャムなどを入れて、甘味とすっぱみを加え、塩加減をする。ここで別にいためたジャガイモやニンジンなども一緒にしよう。

　こうして、鶏の骨ばなれがよくなった頃が出来上がりだ。仕上がりにもう一度カレー粉を足すと、なおさらよい。

## カレーライス（チャツネのつくり方）

　カレーライスほど、日本人の生活にしみついてしまった食べ物はないくらいだから、やっぱり誰でも、自分の家に、自分の家の流儀のカレーライスの味と、つくり方ぐらい、確立しておいてほしいものである。

ルーを使う西欧風でも、ルーを使わないインド風でも何でもよろしい。とに角、タマネギをサラダ油とバターで根気よくいため、トマト・ピューレや、トマト・ジュース、ジャムかチャツネをほんの少し入れるだけで、とてもおいしくなるはずだ。

さらに、サフランや、トウガラシや、粒コショウや、カラシの実など、ちょっとつぶして加えてみるだけでも、大変スガスガしい味やにおいに変わるものである。

さて、チャツネといったから、ちょっと説明しておくと、インド料理の薬味につけ合わせる、ジャムのようなものである。

インドでは、日本のカレーライスのように、ラッキョウとか、ベニショウガとか、福神漬とかを薬味にするのではなくて、チャツネを薬味に使うばかりでなく、カレー汁の中にチャツネを入れて、味をひきたたせる。

インドでは、主としてマンゴーなどでチャツネをつくるのだが、日本でチャツネらしいものをつくろうと思ったら、すっぱいハタンキョウ（プラム）だの、モモの青いのだの、未熟なリンゴだのを代用するといい。

今だったら、青リンゴが出まわっているようだから青リンゴで結構だし、国光や、紅玉が安く出まわってくるころに、一年分のチャツネをつくっておくと重宝するものだ。

チャツネだなどと、大変むずかしいものをつくるように思うかも知れないが、こんな簡単なものはない。

まずニンニクとショウガを押しつぶして、薄く切る。中華鍋の中にサラダ油を大匙二、三杯入れ、点火してそのニンニク、ショウガを丁寧にいためたあげく、二、三個のリンゴをスライスして一緒に加え、トロ火で煮つめてゆくだけだ。

その中に赤いトウガラシを丸ごと二、三本入れておく。だんだん煮つまってきたころ、レモンの汁をしぼり込み、ザラメを入れ、少量の乾ブドウなども入れ、塩をほんの少々と、コップ一杯ばかりの酢を加える。

これらを煮つめてピリリとからく、甘くて、すっぱい、ジャムみたいなものが出来上がったら、それでよいのである。

はじめてつくるから、味が心配だなどとビクビクすることはない。

煮つまって、ねっとり、ジャム状になったら、これをさまして、ガラス瓶の中にでも入れておけば、一年中、少しずつ、少しずつ、カレー汁の中に加えて、ほんとうに重宝するものだ。つくったとたんより、一、二ヵ月経ってからの方がおいしいのである。

私は、サラダ油でいためる簡便法にしたが、この方ができそこないが少ないからだ。しかし油を使わず、トロトロと、ジャムづくりのあんばいに、トロ火で煮つめた方が、丁寧に仕上がるかもわからない。

ついでに書き添えておくと、インドでは、レモンの酸味の代わりに、ライムという、もっと肉質の多い、特殊なにおいの、蜜柑の類を、しぼり入れる。

## ピクルス

そろそろ秋のはじめのころになってくると、ロシア人達は、キュウリのロシア漬に大童になるのがきまりである。

日本のように年がら年中、ビニール・ハウスのキュウリだの、トマトだのが、八百屋の店頭に出まわっていると、季節の感覚を失ってしまいそうだ。

たとえば、二十五、六年むかし、私がくらしていた寛城子のロシア人部落では、今ごろの季節になってくると、越年用のロシア漬や、トマトの煮込みで、まったくお祭りのような騒ぎであった。

私はバウスというロシア人夫婦の台所を間借りしていたのだが、このロシア漬を漬け込む時だけは、自分の家だけではやらない。部落の家族何軒かが、合同して、キュウリを買い、塩を買い、ニンニクを買い、ウクローブ（香料）を買い、トウガラシを買い、石油罐を買い、といった有様で、バウスの家の前に集まって、そのブドウ棚の下でワイワイ騒ぎながらロシア漬を漬け込むわけだ。

この石油罐の中に漬け込んだロシア漬をハンダで密閉して、一年分の漬け物にするわけである。

いってみればすっぱいピクルスだが、サンドイッチにはさみ込んでよろしく、サラダに添えて素敵だし、マヨネーズの中にきざみ込んで結構、カレーライスの薬味代わりに大変よろしい、というふうに、日本の漬け物とは、また打って変わった匂いのたのしさがある。

ロシア人がつくる通りの「アグレッシイ」では、湿度と温度の高い日本では不向きだから、少しく方法を変えて、すっぱいピクルスをつくってみよう。

私はまずキュウリや、セロリの芯や、ニンジンを、少しから目の塩漬にする。この時、ウイキョウの米粒のような実を少し一緒に漬け込んでおくともっとよい。

ほかにホウロウびきの鍋か何かで、塩水を沸騰させ、その塩湯の中に、ほんの一つまみのザラメを入れ、それからニンニク、トウガラシ、月桂樹の葉っぱ一、二枚、ウイキョウの粒を少々、もしあったら、ウクローブ（ディルのこと）の繖《さん》房花序（カサの骨のような形の花の乾いたものをほうり込み、パセリの茎だの、セロリの芯だのを一緒に煮る。漬け汁の匂いを高くするためだ。

最後に酢をコップ一杯ばかり足し、これらの煮込みをよくさまして、適当な大瓶の中に移す。できたらその大瓶も、よく煮て消毒しておいた方が、カビの出方が遅い。

さて大瓶の中に、二、三日塩漬にしておいたキュウリや、セロリや、ニンジンを移し入れて、さっき、塩汁と一緒に煮込んだ香辛料のうち、赤いトウガラシと、ディルの花茎だけを、拾って投げ入れるのである。

何のためでもない。こうして漬け込んだロシア漬の瓶の中身が、水中花のように美しいからだ。

ディルや、ウイキョウはデパートの香辛料の部で売っている。ディルの花茎は手に入らないかも知れないが、ディルの種を塩汁の中に煮込んでもよいし、そのディルの種を土に撒いておくと、翌年、嫌というほど、大きなディルが生え出してきて、花を咲かせるものだ。その花をかげ乾しにしとくのである。

なるべくウイキョウや、ディルの匂いはほしいが、なかったら、月桂樹の葉っぱとニンニクだけでも、やってみるがよい。漬け汁がカビはじめたら、そのカビをすくって捨て、もう一度、汁だけ煮なおすわけである。

## 干ダラとトウガンのあんかけ

夏の終わりのころになってくると、九州の田舎では、きまって棒ダラとトウガンを食べさせられたものだ。だから、私など、初秋の風が吹きはじめると、いやでも、タラとトウガンの匂いを思い出す。思い出すだけではない。それを食べてみないと、残暑がなぎはらえないような不思議な気さえする。

そこで、一、二回、田舎の流儀の干ダラの料理を紹介してみよう。もう、今時の人達は、干ダラとトウガンなど、見たことも、食べてみたことも、ないかも知れぬ。

その昔、田舎の農家では、中元の贈り物といったら、きまって棒ダラであった。例えば、私の家は田舎の小地主だから、夏のはじめには、あちこちの小作人から、山のように棒ダラを貰ったものだ。

夏の終わりの季節になると、その棒ダラでトウガンを煮込んだものを、ほとんど毎日食べさせられるわけである。すると、あのタラの匂いと、トウガンの匂いと、こもごも響き合うような不思議な味がして、しみじみと夏の終わりが、感じられたものだ。

そこで早速、家の近所の乾物屋に出かけ、棒ダラを捜しまわってみたが、残念なことに、あのネジれゆがんだ、岩のように堅い棒ダラは見当たらず、開いて平らにした干ダラしかなかった。

棒ダラをやわらかくもどすことほど、愉快な思い出はない。それを木槌で叩いたあげく、水に漬け、日向に出してはふやけさせ、また水にもどし、これを繰り返して、ほどよい堅さのタラに、もどすわけである。

開いた干ダラは、それほどの楽しい手数を必要とせず、一度ゆでこぼして、せいぜい、一晩、水につけておくだけで、充分だ。あとは、好みの太さに、手で裂くだけのことである。ただし皮の部分は、手裂きができないから、庖丁か鋏で、細片に切っておこう。皮を捨ててはいけません。もっともおいしいところのひとつです。

さて、そのほどよくちぎったタラを、コンブと一緒に、静かにトロトロと水タキすれば、もう出来上がったようなものだ。途中で、コンブを出し、塩とお酒で味をつける。

タラの味が、ようやく、まわりの汁のなかににじみ出したころ、ジャガイモの皮をむいて、タラと一緒に、静かに煮よう。そこで、トウガンの皮をむく。

適当の大きさにトウガンを切ってから、トウガンの種の周辺を取り出して、捨てて、タラやジャガイモと一緒に、コトコトとゆっくり煮る。

トウガンは、次第に半透明の色に煮えあがってゆくから、トウガンが、ちょうどうまく煮えあがったところで、水トキしたカタクリ粉を用意、汁全体にトロミをつける。

塩が足りなかったら塩を足し、それでも味がもの足りないような気がしたら、淡口醤油を少し加えて、あとは化学調味料を入れる。

ここで火をとめて、ショウガのしぼり汁を流しこみ、もう一度、ゆっくりまぜる。これで出来上がりだが、皿につぎわける時におろしショウガを添え、ユズの皮でも添えたら、まったく結構な、日本の初秋の味になるだろう。

## イモ棒

前項に紹介した、干ダラとトウガンの料理など、もう今日の若者達は、口にしないかもわからない。それはそれで結構だが、日本の、ある時代の、質素で、奥行の深い、味わいの一つだから、時には、棒ダラを木槌で叩き、米のトギ汁でほとびさせ（ふやかす）たり、太陽の熱にあててあたためたりしながら、岩より堅いような棒ダラをもどし、トウガンだとか、ジャガイモだとか、タマネギだとか、また時には、キュウリだとかと一緒に、トロトロに煮上げたら、随分とよろこんでくれる老人達がいるかもわからない。

いや、つい最近まで、日本の庶民が愛好した伝統のお惣菜だから、秋のはじめに、一度ぐらい干ダラやトウガンの料理をこころみてみるのもいいだろう。

棒ダラを使った料理で、今でも一番名高いのは「イモ棒」だろう。京都の丸山公園の「イモ棒」といったら、京都に案内されるものが一度は味わわされるものの一つである。

丸山公園の「イモ棒」や、八瀬《やせ》の「イモ棒」は、私達が学生の頃、貧乏書生でも食べられる質素な食べ物であったが、この頃では、お座敷料理に変わり、値段ももう、学生が食べるにしては、ちょっと無理のようである。そこで簡単につくれる「イモ棒」を紹介するから、京都めぐりをしてきたような気分になるがよい。

京都の「イモ棒」に限らず、棒ダラとサトイモの料理はどこにもあって、九州の久留米では、棒ダラと長崎イモとを一緒に煮合わせたものだ。長崎イモというのは、皮をむいたイモの肌が赤く、ひょっとしたら、京都のエビイモと同一種類のものかもわからない。

しかし、私達の「イモ棒」は、エビイモだの、長崎イモだの、そんな贅沢はいっていられないから、ちょうどただいま出まわりはじめたセレベスイモでやってみようではないか。

まず棒ダラのほうは、前の晩あたり、金槌か何かでよくたたいておき、米のトギ汁と一緒に煮て、そのまま煮びたしにしておこう。翌日もどっていたら結構だが、もどっていなかったら、水につけてみたり、太陽熱にあててみたりして、よくもどし、適当に、ほぐしてゆく。開いた干ダラだったら、そんな手数もなく一昼夜で充分にもどるから、適当に裂いて、ほぐしておくのである。

この時、細いセンイにほぐしたところや、少々太めに裂いたところなどあるほうが、かえっておいしいし、皮もけっして棄てず、鋏で細く切るがよい。

さて、カツブシとコンブで、ダシを取る。折角の棒ダラを煮込むのに、カツブシでダシを取るのは邪道にも思われるが、トウガンと棒ダラの煮込みの味は、コンブだけの味の方がよろしいけれども、「イモ棒」の時は、味が少しこんがらかっている方が、私にはおいしく思われる。そこで、カツブシとコンブか、煮干しとコンブでダシを取り、醬油と酒、またはみりんを加え、花見砂糖で、少々アマ味をつけることにする。

さあ、味加減はオデンのつもり。いくらか砂糖のアマ味をきかせた方が、「イモ棒」に関する限りはよろしいかもわからない。

セレベスイモは皮をむき、あまり大きいものは縦に二つ割りにして、ひとたらしの酢を加え、一度煮る。ようやく箸が通る頃、セレベスイモを取り出して、ほぐした棒ダラと一緒に、ダシ汁の中で、コトコトコトコト、トロ火で、気長に煮込んでゆけば、それで、出来上がりである。

## 獅子頭

檀料理教室は、いつも貧寒で佗しい料理ばかりだといわれそうだから、ここいらで、ひとつ豪勢で痛快な料理に、移っていくことにしよう。

ことさら食欲の秋である。少々材料費はかさんでも今までの料理が、タダみたいな材料ばかりを使ったから、何とかうめ合わせがつくだろう。

その第一番目の料理は中国の獅子頭《ししがしら》といこう。

獅子頭は、中国のあちこちで作られているが、例えば香港のレストランなどに入り込んでいくと、「飲茶《ヤムチャ》」というしきたりがあって、かわいい少年少女たちが、首から出前箱のようなものをさげていて、湯気の昇るセイロが入っていたり、大皿が入れられていたりして、その中にシュウマイだの、この獅子頭だのが売られているわけだ。

客は少年少女が運んでくる出前箱の蓋を開けてみて、好みのものを貰い受けるというしきたりだ。

香港に限らない。獅子頭は中国のあっちこっちでよく作られるご馳走だ。

そこで今日は、獅子頭を中心にした、いってみれば四川風の煮込みおでんを作ってみよう。

まず豚の挽肉を六〇〇グラム買ってくる。本当は豚のバラ肉を六〇〇グラム買ってきて、トントントントン庖丁でたたき切り、挽肉よりもっとねばりのある肉のデンプに仕立てあげる方がずっとおいしいが、挽肉だって悪いことはない。その肉の中にシイタケ、キクラゲ等を少々、ネギ二、三本をあらみじんに切ったものや、ニンニク、ショウガなどを一緒にまぜ合わせて、庖丁で、丹念にたたきまぜるのである。そこへ、よく水切りをした豆腐か、ゆであげた豆腐を一丁ではちょっと多すぎるかも知れないから、一丁の三分の二ばかり加えて、スリ鉢かどんぶりにでも移し入れもう一度よくこね合わせる。この時、好みでは砂糖、酢、醤油を少しずつ入れて、最後にゴマ油を大匙一ぱい入れる。

さて、これを天プラ油であげるわけだから、バラバラに崩れないように、全体のつなぎとして、カタクリ粉を少々、できたら卵でも落とし込んでもう一度よくねり合わせておこう。

この肉のデンプを適当な大きさの団子に丸める。まずまあ、家族の数に合わせて、一人二個ずつぐらいの割り合いに丸めるのがよかろうが、あんまり丁寧に丸めないことだ。多少のデコボコがある方が、かえっておいしいし、獅子頭の名前にもふさわしい。

そこで中華鍋に天プラ油をはって、その肉団子を表面がキツネ色になるまで揚げる。

別に大鍋を用意しておこう。たっぷり水をはり（豚骨のスープの方がもっとよろしいが）砂糖少量、醤油を少し多目に入れて、日本のおでんよりはもっと濃い目の味と色をつけておく。香料として大ウイキョウ（八角粒）だの、サンショウの実だのを放り込んで、例によってネギや、ニンニクや、ショウガを入れる。

この大鍋の中に油揚げした肉団子を入れて、一、二時間、コトコト煮れば出来上がりだが、他におでんのあんばいに、セレベスイモや八ツ頭のゆで上げたものや、ゆで卵の殻をむいたもの、コンニャクだの、シイタケだの、丸ごと、豪快に一緒に煮込むと、こんなにおいしいものはない。

私はよくバラ肉のカタマリを五〇〇グラムばかり一緒に煮込んで、手数のかからない東坡肉のつもりになる。

## ロースト・ビーフ

今日はひとつオーブンを使った、ぜいたくなご馳走をつくってみることにしよう。ロースト・ビーフだ。

ロースト・ビーフは、イギリスが途方もなく、おいしい。ロンドンの「サボイ」だの、「シンプソン」だので、ロースト・ビーフを注文すると、表面がチリチリと薄皮がはってい てそこからウエルダンの肉の部分、ミデアムの中焼けの部分、まん中のあたりは、まるでアカネ色の夜明けの空のように美しい生焼けのしたたるような肉になり、牛肉のおいしさが満喫できるのである。

まあ、それほどおいしいロースト・ビーフはできなくても、一年に一度ぐらい、ぜいたくなロースト・ビーフをつくって、大いに胆っ玉をふとくしよう。

牛肉の、ヒレか、ランプか、それができなかったら、せめてモモ肉の上等を、六〇〇グラムばかり、きばって買ってくる。

その肉を丸のまま、塩、コショウをふりかけて、もしあったら、ブドウ酒の中にしばらくの間、つけておく。

さて、フライパンの上にバターを敷き、強い火で肉の塊の表面を心持焦げるぐらいにいためるのである。

ここで肉をとり出して、丁寧に、紐を巻いてくくりつける。肉をしまらせるためである。

別に、タマネギと、ニンジンと、セロリをザクザク薄切りにして、小鍋一ぱいぐらい用意する。できたら、この時、ニンニクも一塊ぐらい、薄切りにしていっしょにまぜる。肉を取り出したフライパンの中に、肉汁とバターが、キャラメルの色になっているから、そのフライパンをもう一度熱して、野菜類をしばらくいためる。

このいため野菜の上に、紐でくくった肉の塊を、のせるのである。野菜の一部を少しすくって、肉の塊の上にもかぶせておく。天火の中で、肉があまり、焦げないようにするためだ。

そのままフライパンごと天火の中に入れればよろしいが、小さい天火で、入り切らなかったら、フライパンから、耐熱ガラスの皿にでも、移し入れて、天火の中に放り込むようにする。

ジュージューと、肉塊が焼けてゆくだろう。

時折りのぞいて、下の野菜や、肉汁を肉塊にかけてみたり、肉塊を回転させてみたり、バターを足してみたり、ブドウ酒や酒をちょっとふりかけてみたり、いろいろ世話を焼く方が、おもしろくもあり、おいしくもある。

さてとがった串を肉塊のまん中にさしてみて、まだいくぶん黄色めの汁がにじみ出るころ、肉を取り出してしまうがよい。

まん中まで焼けてしまったら、肉のおいしさが半減するからだ。

肉塊はそのまま取り出して、よくさます。

フライパンの中には、ほどよく、色づいたキャラメル状の野菜が残っているだろう。この焦げ野菜の中にトマト・ジュースとかトマト・ピューレとか、パセリの茎だとか、月桂樹の葉だとか、クローブだとか、セージだとか、香草の類を加え、塩、コショウ、醬油、ウスター・ソース等を自分の好みの通りに、加えたりまぜたりして、煮つめてゆくのである。するとすばらしいグレービー・ソースが出来上がる。醬油の量や、ソースの量など、勝手放題にやってゆくうちに、自分の家のグレービー・ソースの味が、きまってくるのである。このソースをフキンで漉して、ソース入れに移す。

さて、ロースト・ビーフを思いのままに切り、クレソンやトマトなどとならべ合わせて、手づくりのソースをかけたら、デラックスな大ご馳走だ。

## ブタヒレの一口揚げ

お互いに、人生を十二分に生き抜きたい同士だから、夏バテなどしてはいられない。そこで、ひとつ、ツユ明けを祝って、少しばかりきばった材料を使い、サラリと口にとろけるようなご馳走をつくってみることにしよう。

牛にもヒレがあるように、もちろん豚にもヒレがある。豚のヒレ一本は、重さにして、多分四〇〇か五〇〇グラムぐらいだろうが、一本、思い切りよく買ってこよう。おそらく、一〇〇グラム、百二、三十円ぐらいの見当だから、一本、五、六百円ぐらいの値段になるはずだ。

豚のヒレ肉は、軟かくて、ちょっと、いじくりまわしても、こわれ易い。そこで、用心深く、よく切れる庖丁を使って、まず、指の幅ぐらいの、輪切りにし、それから適宜、太い部分は四つに割ったり、二つに割ったり、なるべく恰好よく、やや長方形の角切りにしておこう。

ニンニク、ショウガを少しおろし込み、塩、コショウして、ちょっと酒をふくませる。下味をつけておくわけだ。

さて、別に卵の白身を一個分ドンブリの中にでも用意して（足りなくなったら、また一個分足せばよい）、泡立てた挙句、カタクリ粉を加える。

そのカタクリ粉はどのぐらいの量にするかなどと、私は考えたことがないので、揚げてみる時の状態に合わせる。足りなければ足すことにして、少し少な目だと思ってもらったらよいだろう。

ただ、泡立った卵白の中に、カタクリ粉をほうり込んでおいて、しばらく時間を置いてからまぜ合わせると、むらなく、よく、まざり合うようだ。

この、カタクリ粉と、卵白をとき合わせたものを衣にして、さっき下味した豚のヒレ肉を油で揚げるだけのことだが、ふだん、皆さんが天プラを揚げる時より、心持、油の温度を低目にすると思って貰った方が、衣の揚がり具合が、美しく、むらなく仕上がるだろう。

豚の肉は、よく煮、よく焼かなくてはならないものだと私達はいい聞かされているけれども、ヒレの部分は、すぐに火が通るから、肉がまだ軟かく、衣に焦目がつかないうちに、油から取り上げて貰いたいものである。

油は、天プラ油でも、ラードでも、サラダ油でもよいだろう。

食べる時には粉サンショウと食卓塩をまぜ合わせたものを付けるのが一番よろしいようだ。

さて、材料は豚のヒレ肉に限らない。同様に、魚の白身の肉を同じ衣で揚げてもよろしいし、また、エビを揚げてもよろしい。

いや、豚のヒレ、魚の白身、エビと、三通りをつくるなら、デラックスなご馳走になろう。

ところで、衣は卵白とカタクリ粉をまぜ合わせるとだけいっておいたが、もう少し歯ざわりをサラサラさせたかったら卵白の中に白玉粉をまぜ合わせるのもよい。モチ米を粉末精製したのが白玉粉だ。というのは、魚肉はどうしても水分が多くなるから卵白と白玉粉の方がかえってよろしいようにも感じられる。

何れにせよ、衣にする卵白と、カタクリ粉と、白玉粉との振分けをどっちを重くするか、いろいろとやってみるに限るのだが、フワフワさせるのには、卵白、トロロ、カタクリ粉がよろしく、少しくパリパリさせるのには、卵白、白玉粉がよろしいようだ。

## シャシュリークと川マスのアルミ箔包焼き（野外料理1）

親しい男女、親しい友人達と、打ち連れて、海や野山に遊び、その波打際や、湧き出す泉のほとりで、野蛮な料理を煮たり、焼いたり、それをまた手摑みで食べたり、飲んだりすることほど、愉快な心身の解放がまたとあるだろうか。

それこそ、自分の活力がもう一度たしかめ直されるような気がしてきて、新しい知恵や勇気がコンコンと湧き出してくるような心地さえされるものだ。

私は、何の取柄もない男だが、その一点では、ひょっとしたら、大家ということになるかも知れぬ。

例えば、アムールの川岸で「コイコク」もつくったし、バイカル湖畔では、野花に埋れながら、素敵な川マスも焼いた。ボルガだの、セバン湖だのでいろいろにこころみたシャシュリーク（羊の剣焼）だの「ウーハー」（魚のスープ）だのといわなくとも、黄河畔だって、揚子江岸だって、いやいや、オーストラリアだの、ニュージーランドの無人島の中だのと、その土地のことを思い出すと、そこで煮たり焼いたりして食い且つ飲んだ野外宴遊の愉快を思い出すわけだ。

そこで、山や海や川のほとりでつくる野趣満喫の料理を一、二回こころみてみることにしよう。

私達が出かけていったところは、東京都下奥多摩の神代橋の下であった。多摩川の清流が奔っており、わずか二、三〇メートルの崖っぷちには、おあつらえ向きに、天然の湧水が噴き出していて、手に掬って飲むと、はらわたまで洗われそうなスガスガしさである。

同行は十二人。神代橋に到着したのが、そろそろ昼近い頃だったから、みんなそろそろ腹がへっており、シャシュリークにせよ、鶏の穴焼きにせよ、その十二人のうらめしげな目や口から、せき立てられながら、煮たり焼いたりするほどバカバカしいことはない。

そこで、車の足を一度「御岳ソバ」まで延ばし、ソバでみんなの腹の下ごしらえをしておいて、ゆっくりと私の仕事に取りかかろうと思ったら、悪いことに「御岳ソバ」は「本日休業」だ。

嫌でも、私の野外料理をいそがせる魂胆らしい。

沿岸で、まず、川マス釣りをやった。ほんとうは、沈着に多摩川のアユを釣り上げて、そのアユを焼いて食うべきところだが、同行は弱卒ばかりで、この人達にアユ釣りをまかせながら、釣れ上がるのを待っていたら、みんな餓死してしまうのがオチである。

そこで、養魚場の川マスを六、七本釣っておいたのは、まことにやむを得ぬ自衛のためであった。

さて、川原へ急げ。

まったくおあつらえ向きに、川原が岬のように流れの中につき出している地点だから、カマドにもってこいの大石がゴロゴロしている。おまけに、流木がいっぱいだ。私は念の為に、二つ、石油コンロを持参してきていたが、これは、現地で即席のカマドをつくるにこしたことはない。

私の予定では、野外料理は、

一、シャシュリーク（羊、鶏、モツ等）

二、マスの洋風ムシ煮

三、鶏の穴焼き

余力でもあれば、釣堀屋で買ったコイで「コイコク」をつくるつもりであった。

まず私の前後にカマドを二つ、つくる。

一つは大石を三つならべて、日本形式のカマドである。

一つは「穴焼き用のカマド」を掘った。南方の島々の土人達が穴の中に石を敷き、火をたいて、そのオキ火の上に、タロイモの葉にくるんだ鶏を入れ、上からまたオキ火や石をかぶせ、蒸焼きにする流儀をマネてみたいと思ったからだ。

さて、まず第一は、シャシュリークである。羊肉と、ピーマンと、タマネギと三つ交互にはさんで串刺しにするつもりだったのに、タマネギを持ってくるのを忘れてしまった。

今日はシャシュリークをタレにつけて焼いたが、みんなメイメイの皿をあてがうのが面倒な為である。タレの基調は、朝鮮風の漬け汁にチリー・ソースと、タバスコと、モロミをまぜ合わせて焼いてみたがみんなうまいうまいといっている。

アルメニアでは、このシャシュリークに、大抵ペトルーシカと、ウクローブと、ラーハンという香草を、青いまま添えてくれるが、なに、粉サンショウで結構だろう。

マスのアルミ箔包焼きは、塩コショウして、バターと酒とパプリカを入れてみた。イキのいいマスだと、フランスでは赤ブドウ酒で青く煮るのだが、そんな、手数はかけていられない。

## 鶏の「穴焼き」(野外料理2)

野外料理をやるからには、一度は鶏の「穴焼き」をこころみて見たいと、昔から思い込んでいた。今回はその絶好の機会である。

日本でも、あちこちに、浜焼きだとか、石焼きだとか、似たような野外料理があるにはあるけれど、まだ、その、穴を掘って、オキ火と石の間に肉塊を埋め、その上から、またオキ火や石を積んで、蒸焼きにする例を聞いたことがない。

そこで、わが檀流野外料理は、今回これを実証実験してみたいと大張切りで、丸鶏を二羽用意しておいた。

ただ、残念なことに、この「穴焼き」のことをくわしく書き記した書物を、どこかにしまい忘れてしまっていて、今日は、おぼろげな記憶をたどって実験してみるほかにはないのである。

ことさら、その「穴焼き」をこころみる人間が、どこの島に住んでおり、何という種族であったか、たしかめようがなく、ここに紹介できないのが無念この上もないことだ。

そのせいもあって、丸鶏は二羽用意しておいたのだが、いざ穴を掘ってしまってから、二羽を焼きそこなうのは惜しいなと、段々気が小さくなり、段々ケチ臭くなって、一羽だけを実験に供することにしたのは、何とも情ない話である。

何はともあれ、丸鶏は、多摩川の流れで、腹の中まで丁寧に洗い清めた。

次に、全身に塩コショウをして、ニンニクをなすりつけ、腹腔の中には、長ネギと叩きつぶしたニンニクを入れ、少しばかり勿体ないが、たっぷり酒をしませておいた。

さて、肝腎の「穴」である。

なにしろ、手がかりの書物を持ってくることができなかったから、ああでもない、こうでもないと、砂地に掘った穴は、直径半メートルぐらいもあったろうか。崩れやすい砂地だから、いくら掘っても、まわりから砂が落ちかかって、深さはやっと三、四〇センチといったところであったろう。

しかし、石だけは豊富だから、まずはこぶしぐらいの大きさの石を何段にも敷きつめて、その上に、流木を積み上げドンドン燃やした。

オキ火をつくり、石を熱する為である。

鶏はたしか、タロイモの葉っぱでぐるぐる巻くと書かれてあったように思ったが、そんなうまい具合の葉っぱは無く、わが家の長男の太郎が、

「じゃ、オレ、朴《ほお》の葉っぱでも取ってくるよ」

と山の方に向ったが、いつまで待っても帰ってこない。

そこで、やむを得ず、アルミ箔でつくられた皿を鶏のあっちこっちにかぶせたりあてがったりしながら、そのオキ火と焼け石の穴に、丸鶏を入れようとした間際になって、太郎が、抱え切れぬほどの朴の葉を持って帰ってきた。

手当り次第に朴の葉をかぶせたり、巻いたりしたが、その上から紐をかけるような余裕はない。早速焼け石とオキ火の間にうずめ、その上にまた焼け石とオキ火を積み、何となくまだ心細かったから、上で流木の焚火をした。

時間にして、一時間は焼いたろう。

さて、頃はよし、と掘り出して見て、自分ながら、びっくりした。日頃、天火で焼いたら、

鶏の皮に焦目がつく。この穴焼きの丸鶏は、皮も肉も、神々しいほどのふっくらとした焼けざまで、全体にアブラがにじみわたり、こころみに、裂いてみたら、芯まで、焼けていた。

そこで、ニンニク、酢醤油、カラシ、ゴマ油、タバスコなどをつけながら、食ってみたら……、これは、うまい！

## サバ、イワシの煮付け

檀流クッキングは、どうも朝鮮、中国、ロシヤあたりのアブラ物料理ばかりで、日本流の煮物などは、一向になさらないようですね……と、先日、或るテレビ局のアナウンサーから、そんなことをいわれた。

その日はオフクロと同道しておったせいか、日本式の方は、みんなお母さまか、奥様でしょう、と重ねていわれて、

「まあね……」

と笑っておいたものの、私だって日本人だ。一日のお惣菜の大半は、日本式の煮物、和え物、等であることは、わざわざいうまでもない。

ことさら、ヒジキ、オカラ等は卓上に欠かしたことがなく、また、イワシ、アジ、サバ等の煮付けの類は、常時冷蔵庫の中にあって、これを取り出しては、副菜にし、酒のサカナに

するならわしだ。ただ、そんな日常のオカズの類を一々、貴重な紙面をかりて、書くまでのことはなかろうと思っていただけのことである。

この二、三日、黒潮にのってイワシの大漁だという話だ。

イワシは、ヒシコイワシだって、マイワシだって、私は大の好物だから、いつも卓上に置いているようなものであるが、よそ様とちょっと変わった煮方だと思えるところは、まったく、何の手もかけない。買ったままのイワシを、そのまま、ザルでゆすいで、鍋に入れる。つまり、ハラワタを抜かないで、全貌のまま、煮るのである。

ただ、鍋の底に、つぶし切りにしたショウガと、ダシコンブを敷いておいて、淡口醤油と梅干を二粒三粒たんねんにソギ切りにしたもので味をつける。酒を少々とコップ半分ぐらいのお茶を注ぎ入れ、醤油の味を薄めながら、中ブタをして煮るが、どうしてお茶を加えるんだか、私はその原因をシカとは知らない。知らないままに、その方が、おいしく、私の口に合うことだけを知っている。

イワシを煮る時は、淡口醤油と梅干の塩味を、お茶や、酒で薄めながら、色どり淡く煮上げるが、サバの時は反対だ。

色濃く、照りをつけながら、煮上げるのである。

サバの時は、いくら私でも、腹のモツと頭を棄てて、筒切りにする。鍋の底に、ダシコンブを敷き、つぶし切りにしたショウガを入れるのは同様だが、そのコンブの上に、筒切りのサバをならべて、その上から調合した醤油をかける。

調合した醬油などと、奇ッ怪ないい廻しで申訳ないけれども、酒とみりんを合わせたものを、コップ一杯ぐらい……、醬油をその半分ぐらい……、あらかじめまぜ合わせておいて、その調合したみりん、酒、醬油の全体の半分を、筒切りのサバにかけて、中ブタをして煮る。煮つまりかけた時に、また残りの、みりん、酒、醬油を足す。こうして、段々に煮つめると、照りよく、うまく、煮上がるわけである。

## 小魚の姿寿司

やれ、バカンスだ、やれ、レジャーだと、日本国中の人々が海山に出かけてゆくようになったのは、まことに結構なことである。

その土地に出かけてゆき、その土地の特色のある食べ物を食べるのは、旅の仕合わせのひとつであるが、しかし、そうそうたやすくローカルな食べものをズラリとならべた食堂など、あろうはずがない。

そこで、海に出かけたら、その海近い魚屋や市場、山に行ったら、山麓の八百屋や市場をのぞき廻って新鮮な、豊富に出廻っている魚介類なり、山の物なりを買って帰るがよろしいだろう。

高価な大きな魚など買うのはいけない。

日本海に出かけたら、サバだの、キスだの、ごくありふれた魚がよろしい。太平洋岸だったら、アジだの、イワシだの、コハダだの、カマスだの、ごくありふれた小魚を買い、背びらきか、腹びらきに開いて貰って、塩して持って帰るのが一番だ。

「アイス・ボックス」ももちろんよろしいが、生で持ち帰るより、塩して、「アイス・ボックス」の中に入れて持ち帰れば、家に帰ったとたん、その魚類を酢でしめ直して、あとは寿司メシを炊くばかり。見事な、小魚の姿寿司が出来上がるのである。

左様……。

アジでも、イワシでも、カマスでも、キスでも、小魚は、四、五時間塩した後に、酢で洗い(または水で洗い)、新しい酢の中に一時間ばかりひたしておくと、ちょうどよく魚がしまる。

その酢の中に、コンブを敷いておくのもよろしいし、好みでは、砂糖を少々加えておくのもよいだろう。

海辺で見た新鮮な小魚が、塩と酢でしまって、黒光りをするのを見るのは嬉しいものである。

そこで、寿司メシをつくり、その寿司メシをほどよく握って、その上に、アジだの、キスだの、イワシだの、コハダだの、カマスだの、酢によくしまった小魚どもを、表面の酢をよく拭い取って、姿寿司に仕立上げる。魚の肌に少々ヒネリゴマでも散らし、上からコンブをかぶせ、軽い重しをして、二、三時間。

取り出して頬張ってみると、まったく、今しがたまで遊んでいた海の色や匂いがそのまま感じられてくるような新鮮な寿司に仕立上がっているはずだ。

翌日一日楽しむことができる。

姿寿司だから、もちろん頭を残して二つに割り、仕立上げるのもよろしいが、わずらわしかったら切棄ててもよいだろう。

イワシは魚屋が一々開いてくれないかも知れないから、庖丁を使うより、自分の指先で、現場で、開いて骨をはずして、塩をして持ち帰るようになさい。

蛇足ながら、わが家の寿司メシは、米一升に、酢一合の割。その酢の中に、かくし味程度の砂糖を入れている。炊き上げたメシに扇風機の風をあてながら、その酢をまぜ合わせるわけである。

## トウガンの丸蒸しスープ

夏の終わりの頃、八百屋の店先に、愉快な恰好を見せながら、並んでいるのは、トウガまたはトウガン（冬瓜）と呼ぶ奴だ。

皆さんは「トウガンが粉ふいたよう」という俗諺をご存知だろうか？　トウガンが粉を吹いておいしそうだ……、だから何でも、よく熟れておいしそうなことの譬えです……、などとテレビ・クイズで答えたらたちまちダウンです。格別の不美人が、お白粉までぬりたくっているおかしさをいうのである。トウガンの恰好を見ていると、この俗諺の面白さがつくづくわかるから、一度ためして見てご覧なさい。

さて、夏の終わり、私達の子供の頃は、毎日毎日のようにトウガンを食べさせられたものだ。干ダラやジャガイモなどと一緒に、カタクリ粉でトロミをつけた薄味のトウガンは、何となくしみじみと夏の終わりを味わうような心地がした。

近頃のカッコイイ少年少女達はおそらくもう見向きもすまい。

しかし、トウガンのとろけたような歯ざわりと匂いは、スープや、肉とからみ合って、絶妙の味わいを呈するものだから、皆さんも、一年に一度ぐらい、トウガンのご馳走をつくってみるがよい。有名な広東料理であって、なに、その気になれば、誰だって造作なくつくれるものだ。

まずトウガンを一個買って来よう。カッコなんかどうだって構わないが、ただ底の坐りのよいのがよろしい。値段は一個せいぜい高くて百円どまりのはずだ。最初に上の方（蔓のついていた方）を平らに切って落す。後で蓋にするから、棄てない方がよろしい。切り方は、なるべく、上の方から、大きなスプーンか、いや、自分の手が入れられるぐらいに切るのがよろしい。

そこから、スプーンや手をさし込んで、内部のタネやワタの部分を、丁寧に取除かなければならないからだ。その時トウガンの壁や底に穴をあけてしまったら、おしまいだから、気をつけよう。

トウガンの皮をむいてしまう人もいるが、われら素人は破れない用心と、手間をはぶく為に、皮はそのまま、大鍋に湯をたぎらせて、その中でトウガンを煮る。煮過ぎないように注意しながら七分煮くらいのところでお湯から取り出し、逆様に水を切っておく。それは、トウガンの青臭い匂いを消し、後の蒸し時間を少なくする為だが、これもまた面倒だと思う人は檀流にやってのけなさい。

私は、トウガンの中をよく洗うだけで、はじめっから、スープを入れて蒸す。

さて、スープだ。

スープは別鍋に、牛スネあたりでぜいたくなスープをつくっておくのもよろしいが、なに、インスタントの固形スープで味をつけても構わない。ただ、トウガンの中に入るスープの三倍以上、たっぷり作っておくがよい。

そのスープの中に、入れる具は、豚でも、鶏でも、エビ（芝エビ、小エビ）でもよいが、酒やニンニク、ショウガ等で下味し、カタクリ粉をまぶし、一遍熱湯を通しておいたものを使うがよい。

あとはハムのせん切りとか、シイタケとか、タケノコとか、その鍋のスープの中に入れ、スープの味をととのえ終わったら、少し大き目のドンブリを出してトウガンを安置する。トウガンのまわりにスープを注ぎ、トウガンの中にもスープを入れるのだが、トウガンの中に入れる分（つまり鍋の残りのスープ）は、水トキのカタクリ粉で、トロミをつけておく方がよいようだ。

そこで、トウガンが半透明の色になるまで蒸す。蒸し終わったらドンブリのまま客に出して、スプーンでトウガンの壁を削り取りながら、スープと一緒に食べる。スープが無くなれば、鍋のスープをいくらでも足す。万歳である。

# 秋から冬へ

## 鶏の白蒸し（白切鶏）

　そろそろ秋の好季節になってきた。檀流クッキングは、みみっちいゲテモノばかり作るのかといわれては無念だから、ここいらで、ひとつ秋のパーティ向きの素敵な前菜をつくってみることにしよう。

　曰く、白切鶏《パイチエジー》だ。よく、中国料理屋の前菜で、クラゲだの、アワビの蒸し物だのなどと一緒に、白く仕立上がった鶏のブツ切りにお目にかかることがあるだろう。鶏だったり、時には家鴨《あひる》のこともあったりするが、ふっくらと、したたるような、うるおいと味があって、前菜には欠かせないものだ。

　家庭で、鶏一羽はちょっと多過ぎるかも知れないけれども、兄妹や、親しい友人でも集まる時に、この白切鶏を大皿に切ってならべたら、愉快さが倍加するだろう。

　だから、多過ぎると思ったら、鶏を縦半分に切って分けてもらいなさい。

　むずかしい料理でも何でもないから、早速実行してみることが肝腎だ。

さて、丸鶏一羽、家で丸焼きにするとか何とかいって買ってこよう。まず、丁寧に水洗いをする。表面もだが、腹腔の中に何度も水を通して、念入りに掃除をする。瓶洗いのハケを通したりする人もあるが、まさかそんな事をしなくともよく水を流せばよいだろう。

さて大鍋にたっぷりと水を張って、丸ごと、鶏を沈め、下から火を入れる。水がだんだんと温まり、お湯になってきて、鶏の皮膚が次第に白く色が変ってくるだろう。時間にして、左様、五分か十分足らずのはずだ。

ここで素早く鶏を取り出して、もう一度水ですすいで洗う。

ここで鶏を大ドンブリか、耐熱ガラスまたは金属製のボールに移し、鶏の上にニンニク、ショウガをすりおろして、その上から酒をたっぷりかける。また、ネギも大まかに切って、鶏の上にのっけておくがよい。

中国料理の下味をつけるのには、ニンニク、ショウガ、ネギは欠かせないものだから、忘れないでほしいが、私は、鶏の腹腔の中にも、この三ツ揃をさし込んでおくならわしだ。

たっぷりの酒とはどの位の量だと聞かれそうだが、私ははかったことはない。大まかに、鶏にあびせかけて終わりである。

この鶏を容器ごと、一時間足らず、蒸器にかけるわけだけれども、鶏に味がしみつくかどうか、気の揉める人は、スープか、水を、ドンブリの中に少しばかり入れてみたら気がすむだろう。

さて、一時間前後……。

鶏の内部まで蒸し終わったと思ったら、容器ごと鶏を取り出し、お腹のネギもひきぬいて、鶏の全体に、上質のゴマ油を刷毛で、まんべんなく、塗りつけるのである。筆でもよい。筆だったら、腹腔の中にも、ゴマ油を塗りつけることができるだろう。

あらかじめ、鶏ガラか何かで、薄い、無塩のスープをたっぷりつくっておいて、よーく冷やしておく。蒸しあげて今一度油を塗った鶏を、このスープの中に沈め、少なくとも二、三時間以上は漬け込んでおきたいものだ。

食べる時に、鶏を取り出し、出刃庖丁で、皮ごと骨つきのまま、ブツブツ切って、皿にならべる。

食べる調味料は、ゴマ油を垂らした酢醬油がよいだろう。

## オクラのおろし和え

季節季節の、さまざまな、魚介や、野菜の類に、めぐり会えることほど仕合わせなことはない。

夏が来る……。ウリ、キュウリ、ナス、トマト等々、もう食いあきたなどという人がいたら、それはオゴリというものだ。

その、キュウリ、一本あったら、と思って、山から、山を伝い歩いた、中国の秋の一日のことを思い出す。もちろん、戦時中のことであるが、野菜に餓え、山から山を伝い歩いて、山中の廃屋の一軒にたどりつき、そこの庭のなかに、オクラの株が二本あり、その一本の株に、オクラの実、一つ、縮れゆがんで、残っているのを見付けたときの喜びといったら、無かった。

それは、油いためにして、汁にして食ったが、そのオクラ一片の秋の日から後は、秋の終わりに、山家の籬《まがき》にはい伝っている豆の晩成を、辛うじて食っただけだ。紫紺の色の、九州では南京豆といっている、ツルサヤ豆だ。東京で、オランダサヤといっている豆の一種であり、ちがうところは、紫の色が濃いばかりである。

余談が多過ぎた。オクラは、私の幼年の頃……（つまり五十年のむかしから）もう、日本に移植されてあり、ハタケレン（畑蓮）、ハタケレンといって、珍重したものである。

オクラを食べる時には、そのネバリが一番有難い。トロロと同じような、口中のヌルヌルを、青い野菜として、口にできるのが嬉しいわけである。

だから、そのまま、みそ汁に入れるのもよろしいし、カレー料理……何でもよろしいが、オクラの実を、サッと塩煮して……、さあ、時間にしたら、熱湯の中で二、三分か……、そのオクラの実をハシから、小口切りにしていって、これを大量のダイコンおろしの中にまぜ合わせるのが随分とおいしいものだ。

ただし、そのダイコンおろしにまぶしつけたオクラは、必ず、しばらく、冷蔵庫で冷やすのが、よろしい。

冷蔵庫から取り出して、もう一度まぜ直し、レモン酢、ユズの酢、ダイダイ酢など、とお醤油をかけていただくのが、最高によろしい。トロトロのねばりが、ダイコンにまでうつるのである。

けれども、冷蔵庫の中に、長時間放置すると、オクラの色が褪《さ》めてしまうから、用心が肝要だ。

オクラの、ダイコンおろし和えの中に、まぜ合わせて、おいしいものは、シラスボシ、とか、芝エビのユデムキ等だろう。

私は、オクラが出始める頃から、ほとんど毎日、オクラのダイコンおろし和えを、愛好している。シラスボシや、チリメンジャコ等を加えるのもおいしいけれども、やっぱり芝エビの塩煮のムキ身が、色も姿も美しい。

ハマグリのユデムキか、アサリのユデムキとか、何を加えても、手軽で、複雑な味のお惣菜になるだろう。

しかし、繰り返すように、芝エビのムキ身をまぜ合わせるのが一番、美しい。

## キンピラゴボウ

日本的な、質素な食べ物の中で、何が一番なつかしいものかといったら、それはキンピラゴボウとヒジキだろう。

少なくとも、私はそうだ。

何はなくとも、ワカメと豆腐のみそ汁があり、キンピラゴボウとヒジキがあり、アジの干物でもあったら、もう朝はそれで充分に満足のようなものだ。

ゴボウの源流の方は中国であるに相違ないのに、そのご本家様の中国では、余り日常の食べ物としては活用されておらず、薬用ぐらいの食品に変ってしまっているのが現状だ。

今日、ゴボウ愛用の国は、日本が第一といっても、けっして過言ではないだろう。

いつだったか、ニューヨークの、チャイナタウンで、ゴボウを見つけだし、鬼の首でも取ったようにあわてて買い占めてきて、タタキゴボウだの、キンピラゴボウだの、つくって見ようとしたところ、まるで豆腐のようにフワフワとしたキンピラゴボウになってしまって、いたくガッカリしたことがある。

やっぱり、何といっても、ゴボウはあの歯ざわりと、匂いである。

新ゴボウの出さかる頃、細目のゴボウを買ってきて、一瞬サッとゆがき上げ、庖丁のヒラや、スリコギで軽く、ひとたたきして、酢をかけ、ゴマを散らし、なるべく白く仕上げるように淡口醬油で和えるゴボウの味など、あんなに嬉しいものはない。

かと思うと、アナゴのタレで、黒く煮上げたゴボウもまた、何ともいえずおいしいものだ。

さて、檀流のキンピラゴボウだが、私は、キンピラゴボウは白く仕立上げるのが好きである。

ゴボウを細くせん切りにして、よく水にさらし、ニンジンもせん切りにして、ゴボウ四、ニンジン一ぐらいの割合にまぜ合わせる。

ダシ代りの肉は、ブタの挽き肉でも、余りものの煮魚をほぐしたものでも、何でもよろしい。

中華鍋に油を熱し（ラードでよいが、私はサラダ油）、猛烈な火勢で、その肉を瞬間いためる。続いて、ゴボウ、ニンジンを一挙にほうり込んで、一緒にいためるわけだが、少し油を多い目にした方がよろしいようだ。

次に砂糖を入れる。酒を垂らす。塩を入れる。酢を入れる。淡口醬油を少々加えて、味をととのえれば終わりだが、手早くしよう。

愚図愚図ダラダラと、ゴボウの歯ざわりや、匂いを失ってしまったら、せっかくのキンピラゴボウは台なしになる。

出来上がりに近く、上質のゴマ油を垂らし、白いペパーをふりかけ、タタキゴマを散らせばそれで、よろしい。

ちなみに、私は、種子抜きのトウガラシを薄く小口切りにして、ゴボウ、ニンジンをいためる時に、ちょっと辛味をきかせるならわしだ。

## ビーフ・ステーキ

そろそろ、秋もたけなわになってきた。檀流クッキングは、毎度毎度、キンピラゴボウ、オカラの煎り煮のたぐいばかりだなどといわれたら、無念だから、ここいらで、ひとつ血のしたたるようなビフテキとゆこう。

しかし、血のしたたるようなというのは、肉の焼け具合の状態をいうので、レストランでは生焼き（レヤー）にしますか、中焼き（ミデウム）にしますか、よく焼けた（ウエルダン）にしますか、と、焼き具合を訊かれるから、生焼き（レヤー）を申し込めば、血のしたたるような肉になる。

さて、ビフテキは何といっても肉で、その肉の部分が、自分の体質や嗜好に一番合っているところを選ぶべきである。

中年以上の人達には、脂肪が少なくて軟かいヒレの部分がよろしかろうし、この部分を焼いたものをテンダロインステーキといっている。ヒレが無い時にはランプのところがよいだろう。若者は、脂の乗ったロースのところが一番よかろうし、これをサーロインステーキといっているが、なに、多少堅くても、腿肉などの噛みごたえのある部分が、味もしっかりしていて、かえって喜ばれるものである。

さて、どこでもよろしい。自分の体質と、嗜好と、フトコロ具合に合わせた肉を買ってきて、ちょっと肉の状態をたしかめてみよう。余りま新しいものは、何となくバサつく感じで、なれていない。

そこで、大切にくるみ込み、冷蔵庫の中で、一、二日様子を見よう。例えば、南氷洋の鯨でも、獲れた瞬間の肉はまずいから、大肉塊を、零度前後の気温の中に、一週間から十日ぐらい、馴らすのである。しかし、この際、外気にあたって硬化した部分は、惜しげもなく切って棄てるのだが、われわれの食膳に供える牛肉は、そんな勿体ないことなどできるワケがない。空気にふれぬようによく包み、あまりバサつく肉は、タマネギ、ニンジン、セロリなどの刻んだ部分と一緒に、ブドウ酒とサラダ油を半分ぐらいにして、一日、二日、漬け込んでみたりする。

いよいよ食べ頃と見きわめて（いや、そんな心の余裕など無い方が本当だ）肉片をマナ板の上に載せる。

その肉片の上に、まず、ニンニクの切り口をあてて、こすりつけ、淡く塩をまぶしつけ、半挽きのコショウを、肉片に押しつけるようにすり込んで、二、三分……、心悸の鎮まるのを待つ……。

よく使い慣れたフライパンに、サラダ油とバターを半々ぐらい入れて、点火する。サラダ油だけでよさそうなものだと思うだろうが、美しい焦目は、バターを敷かなくてはうまくゆかぬ。

強火である。コショウをしっかりとまぶしつけた側をはじめにフライパンの底にあてて、ジューッ、と焼きはじめる。箸を使って、僅かに一、二度動かしてみるのはよいが、余り忙しく動かし過ぎたり、裏返してみたりは、よくない。

スライスしたレモンを一個フライパンに投げこむ。そのレモンを半焼けにし、肉に見事な焦目がついたのを見とどけるのと同時に、肉片を裏返し、レモンを肉の上に載っけよう。

火加減を中火に変え、好みの焼き加減に仕上げて、これで出来上がりだ。はじめに焦目をつけた側を表にして皿に出し、バターと半焼けのレモンを一緒にして、その焦目の上に載せ、クレソンなどを添えて、パクつくわけである。

## ビフテキの脇皿

ビフテキは、焼き上げた肉の傍に、何といっても、クレソンの青を添えるのが一番だ。

そのクレソンの葉先の方を指で千切って、パリパリ嚙むと、獣肉の脂肪がその都度口中で洗われる心地で、ビフテキの濃厚な味わいがまた倍加する。

また、肉と一緒に、タマネギのせん切りをカラリといためたものや、マッシュルームのバターいためを、載っけたりもするようだ。

それだけでは、まだ晩餐の充実感が足りないとおっしゃる向きには、よろしい。贅沢のしついでだ。脇皿に盛合わせる、ジャガイモと、ニンジンの、サラダでもつくってみよう。

ニンジンは適宜に切って（私はただ小口切りにするだけだが、紡錘状にくりぬく方が恰好はよろしかろう）、ペパーをふりかけ、ブドウ酒とバターで、軟かく、煮つまるまで煮込む。

ブドウ酒が無かったら、もちろんお酒でよろしいし、その酒の量はと聞かれれば困るのだが、さあ、ニンジンの倍ぐらいもかけてみたらよろしかろう。塩味が足りなかったら、あとで塩を足してもよいが、バターの塩味もあるから余りしょっぱくしないがよい。

ニンジンは煮つまってしまう寸前に火をとめて、さましておく。

さて、今度はジャガイモだが、ジャガイモの皮をむき、一センチぐらいの厚さに切って、しばらく水の中にひたしておく。しばらく水の中にひたしたジャガイモでないとすぐに煮崩れるから、これだけは必ず実行してもらいたいものだ。

水にひたしたジャガイモを取り出して、グラグラたぎった塩湯の中に入れ、よくゆがき上げるのだが、煮崩れる寸前ぐらいに、ジャガイモを熱湯から取り上げるのがおいしいのである。

というのは、そのジャガイモに、まず酒（ブドウ酒）をふりかけ、つづいてソース・ビネグレット（フレンチドレッシング・ソースのことだ）をふりかけると、ソースの中の酢で、ほとんど煮崩れかけたジャガイモの肉が、もう一度しまるのである。だから、少し固目に煮上げてしまうと、ビネガー（酢）の効いたソースをかければ堅くなり過ぎるきらいがある。

すぐさま冷蔵庫で冷やし、このニンジンの酒煮と、ジャガイモのソース・ビネグレット和えを、双方まぜ合わせると、大変おいしく香りの高い脇皿が出来上がるから一度やってご覧になるがよい。

ところで、今はマツタケの盛りである。ついでのことに、少々いかれたマツタケでも買ってきて、ニンジンやジャガイモと寄せ合わせてみよう。

マツタケはなるべく傘の開いてないものを選び、根元に庖丁の切目を入れ、丸のままアルミ箔の上に載せる。バターを一匙、ブドウ酒を一匙、軽く塩、コショウして、よくアルミ箔の中にくるみ込み、金網の上で、蒸し焼きにするのである。こうして焼き上げたマツタケを、今しがたまぜ合わせたニンジン、ジャガイモの脇に添えたなら、もう贅沢はきわまったようなものだ。ビフテキの脇皿にもってこいである。あとは、レタスの葉の上に、キャベツやセロリや、タマネギをさらし、トマトを載っけたサラダでもあれば、果報がつきるだろう。

## ショッツル鍋

そろそろ、鍋物の好季節がやってきた。

秋のモミジの色づく頃に、土地土地の様々の流儀の鍋をつつく時、まったく日本人に生まれた仕合わせをしみじみと感じるものだ。

フグチリよし、タイチリよし、沖スキよし、北海道の石狩鍋よろしく、九州のキビナゴ鍋よろしく、水戸のアンコウ鍋も結構だ。

新潟のスケソウダラの鍋もだんだんとおいしくなってくる頃だが、今回はひとつ、ショッツル鍋とゆこう。

ショッツル鍋というのは、秋田のショッツルで鍋の汁をつくった、味わいの深い鍋物である。

ショッツルはおそらく塩ッ汁の転訛《てんか》であるに相違なく、主としてハタハタを塩して、アンチョビー化した、いわば、魚の醬油である。

秋田では、ハタハタの大漁の頃、そのハタハタに塩をまぶして、自家製のショッツルをつくっていたものらしい。そのショッツルを自分の口に合うような塩からさに薄めて、ホタテガイの貝の鍋に入れ、さまざまの魚や、野菜を煮込みながら鍋物にしてつつくわけである。

しみじみとおいしいものだ。

もう随分の昔だが、秋田のI旅館で、ハタハタの雄と雌、つがいの魚を、ショッツル鍋にして馳走になったが、ハタハタと、ショッツル鍋をあんなにおいしく思ったことはない。

まったく、食べ物に対する土地土地の人間の知恵に感じ入ったものだ。

ショッツルは、素朴な、有り合わせの材料を使いながら、あきのこない、しみじみとおいしい鍋物に変えるから、不思議である。

さて、そのショッツルの液は、この頃大抵のデパートで売っている。

ショッツル鍋をつくるのには、このショッツルの原液がなくてははじまらないが、これを煮る鍋そのものは、必ずしもホタテガイの貝鍋でなくったって、土鍋でも、アルミの鍋だって、構うことはない。

さて、その鍋の中に適当な水を張り、コンブを敷いて、火にかける。煮立ってきたら、ショッツルを入れ、もしできたら少しばかりの酒も加えて、全体の塩加減を、お吸物よりちょっとカラめぐらいのつもりで整える。

これがショッツル鍋であって、この鍋の中に、思い思いの魚や、野菜類をほうり込み、煮えてくるはしから、つついて食べるのである。

ショッツル鍋にはどんな魚が向くかといえば、まず第一はハタハタだ。もちろんタイだって、オコゼだって、キンメダイだって、タラだって、結構にきまっているが、私はしばしば鶏のモツをブチ込みながら、ショッツル気分を満喫するならわしだ。

野菜の方も、豆腐、シラタキ、タケノコ、ハクサイ、シュンギク、ミツバ、ネギ、セリ、サトイモ、何でもよろしいが、ソギゴボウを少々入れると香りが高い。

また、シイタケだの、エノキダケだの、マイタケだの、キノコの類があったら、こんな仕合わせなことはない。

取皿の方に、ダイコンおろしやユズの皮をそぎ入れておいたら、尚更贅沢というものだ。

## タイチリ

先回は、秋田のショッツル鍋をやったから、今回はタイチリをやってみよう。もっとも、タイチリなど、タイそのものがバカバカしいような高値を呼んでいるから、スケソウダラでも、オコゼでも、キンメダイでも、チリのできそうな魚なら、何でも使おう。

何といっても、魚と野菜が直接にひびき合い、私達の口から体全体を、芯からあたためてくれるものは、チリ鍋に限る。

秋から冬にかけては、鍋物が一番だ。野菜がおいしく、その野菜にからみつく魚の味わいが、チリ鍋の中で渾然一体となるのである。

鍋物を煮るのには、やっぱり、土鍋が一番よろしい。

充分の水を張り、だしコンブを敷いておいて、ガスに点火する。

チリにはまず充分な薬味を用意しておくのが肝腎だから、少しばかり、薬味の研究をしておこう。

チリには、モミジおろしだけは絶対に欠かせない。そのモミジおろしをつくるのには、まずなるべくキメの細かいダイコンをえらび、そのダイコンの皮をむき、適当のところからダイコン切りにして、切口の断面のまん中あたりに、箸で穴をあける。その穴の中に、種子を抜き取った赤トウガラシを箸でつつきながらさし込むのだが、トウガラシが乾き過ぎていると破れやすく、そんな時には、トウガラシをしばらく塩熱湯の中に浸しておけば、シンナリする。

ダイコンの切口の中にうまく赤トウガラシを押し込んだなら、そのトウガラシがはみださないように、庖丁で、ダイコンと切口を揃えておこう。この断面を、目の細かなおろし金に当てながら、円を描くように丁寧におろしてゆくと、綺麗な、色美しいモミジおろしができる。

次はネギの薬味だが、根深もよろしく、ワケギもよろしいけれども、九州では、コウトウネギ（香頭葱）を愛用して、フグチリでも、タイチリでも、コウトウネギがなくてははじまらないようなものだ。

コウトウネギとは、薬味のネギという意味だが、九州では、アサツキによく似た、香りの高い、格別細いネギが、愛用されるのである。

しかし、深谷の根深なら結構だ。薄く、そぐように切って、冷水の中で、サラすことにしよう。

取皿にそのネギとモミジオロシの薬味を入れ、あとはダイダイとかユズとかレモンを使った酢醤油を入れて、チリの煮え上がるのを待つばかりである。

チリの魚は、食べる三、四十分前に薄く塩をしておいたほうが、肉のしまりがよく、おいしいものだ。

シラタキ、豆腐、ネギ、ハクサイ、ミツバ、シュンギク、何でもよろしいけれども、やっぱり、シイタケや、キノコ、タケノコなどが加わると楽しさが倍加する。勿論、薬味に、ユズの皮一ソギだけは、ほしいものだ。

## キリタンポ鍋

秋深くなってきた折柄、手作りのキリタンポをくふうして焼いて、キリタンポの鍋をつくことにしよう。

もともとは秋田のいなかの炉端で焼きあげるお米のカマボコだが、なに、その気にさえなれば、東京のガスの上でだって、キリタンポくらい焼きあげられるし、鶏をつかって、キリタンポ鍋ぐらいできる。

もっともいまごろは、東北一帯の地方から北海道にかけて、マイタケの季節であり、このマイタケなしには、キリタンポの味が半減するなどという人もいるかも知れないが、贅沢はいっていられない。養殖のエノキダケが出まわっているから、エノキダケでもつかって、東京のキリタンポを楽しもう。

まず、肝腎のキリタンポをつくるわけだが、お米一升をたくなら、そのうち一合だけモチゴメをまぜる。つまりウルチ九合、モチゴメ一合という割り合いだ。五合たくなら、五勺はモチゴメということになるが、できたら、お米は新米がおいしいにきまっている。

少しばかり固目にたいて、そのゴハンを熱いうちに、スリ鉢に取り、スリコギでトントン突くのである。

この仕事は坊やをおだてててやらせるのが一番たのしいし、造作もない仕事だが、あんまり突き過ぎて、完全なお餅になってしまわないほうがよい。餅と米粒が半々ぐらいの感じである。この半つき餅をカマボコの形に杉の棒に巻きつけるわけだが、杉の棒でなくったって、竹の棒でも、栗の棒でもどこからか、棒切れを拾ってくるがよい。この棒に、半つき餅を巻きつけて塩水をふくませたフキンの上でトントン叩くと、恰好よく仕上がるものだ。

さて、この半つき餅を巻きつけたカマボコを、ガスの両側に煉瓦を立てて、遠火であぶれば出来上がりだ。きれいな焦目がついて、シンまで焼けているほうがおいしい。

私は、天火の中で一挙に焼いてしまうけれども、ときおり、棒から、お餅がこぼれ落ちることがある。均分に、丁寧に巻きつけておいて、丁寧に焼くことがたいせつである。

キリタンポがよく冷えたころ、棒からはずし、五センチ幅ぐらいに庖丁でブツ切りにする。

うまく切れなかったら、手でひねり切っても結構だ。

別に鶏ガラで、ダシをつくっておこう。この鶏ガラのスープを、土鍋に取り、お吸い物よりもうちょっと濃厚な汁をつくる。つまり醬油をややきつく、みりんだの、お砂糖だのをたして、お吸い物より、少しばかり甘カラいダシにするわけだ。

これで用意は出来上がりだ。

大皿に、鶏のモモ肉を適宜な大きさに切って並べ、ササガキゴボウだの、シラタキだの、焼き豆腐だの、ハクサイだの、セリだの、それから、例のマイタケだが、マイタケなど東京にないから、エノキダケでも、シイタケでも、何でも結構、秋らしく、やっぱりキノコもそろえて、鍋の具を大皿に綺麗に並べる。そこで家族を呼び集めて、

「さあ、キリタンポにしよう」

土鍋のダシがたぎったころ、シラタキや焼き豆腐や、鶏の肉を入れる。

そのあとに次々と野菜を入れて、最後にエノキダケを入れるころ、キリタンポを投げ込んでゆく。キリタンポはすぐに煮くずれるから、終わりに入れるほうがよいのである。

そのキリタンポに鶏のうまみがしみこんで、つくづくとおいしい秋の鍋料理である。

## ボルシチ

私の知っているロシア人は、ボルシチをつくるのに実に鷹揚なものであって、台所のカマドの上にデカいアルミのバケツを載せ、そのバケツの中でボルシチを煮込むわけである。肉は牛肉の足一本を投げ入れるように見えたが、今考えてみると足一本分の牛スネであったわけだろう。

今回は、多少、品よく日本人の口に合わせながら、ボルシチの作り方を説明するけれども、ボルシチはけっしてあわててはいけない。ロシア人はたっぷり一日かけるのである。

はじめに、ビーツ（赤カブ）だけは別に用意しておこう。晩秋から冬の頃になってくると、八百屋の店先で、よくビーツを見かけるものだ。手に入らなかったらデパートなどでそろえることにするが、ビーツは酢漬にすると、かなり長期の保存に耐えるから、ボルシチのつどあわててビーツを買わないで、いつも酢漬のビーツを用意しておくがよい。

最初にビーツの皮をむく。皮をむいたビーツを一センチ厚さぐらいの輪切りにして、塩ゆでにする。細串が楽に通るころ、そのビーツを取り出して貯蔵の瓶にでもうつし、酢をかけるだけのことである。酢は真赤に染まり、ビーツは、二、三ヵ月の貯蔵にも充分耐える。これはボルシチの酢味と、うま味と、色を助けるたいせつなものだ。

さて、ボルシチ作りの本作業にとりかかろう。牛のイチボとか、もも肉とか、バラ肉とかが良いにきまっているが、まあ、長時間の煮込みだから、牛スネで結構だ。

五人前五〇〇グラムばかり用意しておこう。それをコトコトと、朝から水煮するのである。牛骨とか、豚骨なども手に入ったらいっしょにほうり込んで煮込むのもよい。

さて、そのスープの味を濃厚にするために、ニンジンの葉っぱのつけ根とか、ニンニク、ネギの青いところとか、タマネギの丸ごと一個にクローブ（丁子）二本ぐらいを突きさして、投げ込んでおくことにしよう。肉や野菜のアクが出たらすくって捨て、そのつど水を足す。

朝の八時から煮込みはじめたとすると、夕方五時ごろには牛スネはとける程やわらかくなるだろう。そのまま切ったらくずれるから、肉だけ取り出して冷ましておくのである。

スープの方はこすなり、くず野菜を取り出すなりして、なるべく澄ませる。このときにザラメを一つまみ、僅かなブドウ酒か酒、充分な塩で味を整える。

その中に月桂樹の葉っぱ二枚、パセリの芯、セイジなど、香料のブーケを入れておこう。ロシア人はたいていウクロープ（ロシアの香料）のかさのように開いた花のところを投げ入れる。皿につぎ分けるときも、花がさのところを、わざと一ヵ所摘みとって投げ込んだりする。

さて、そのスープの中に、煮えにくい野菜から順番に投げ入れていくわけだが、なるべく大ぶりに仕立て上げたいものだ。たとえばバレイショは皮をむいて丸ごと、タマネギは分厚く輪切りにしてほうり込み、トマトも表面を焼いて皮をむき、大胆な輪切りにして一緒に煮込む。ボルシチぜんたいの色どりを、トマトとビーツの赤で、ほんのりとモミジの色に染めるのがよい。このころ、一にぎりの白米を投げ入れておこう。多少のとろみをつけ、米のうまみをそえるためだ。

最後に輪切りにしたニンジンを入れ、キャベツを一枚、一枚むしり入れて、冷えた肉塊を筒切りにして投げ入れる。

このころ、マッシュルームがなかったら、シメジでも、エノキダケでもよいから投げ入れて、出来上がりだ。好みによっては湯通ししたベーコンを加えたらよいだろう。

深いスープ皿に盛り合わせて、サワークリームを別に添えて出す。サワークリームが簡単に手に入らないならば、生クリームを買ってきて、クエン酸を加えまぜておけば自然と固まるものだ。

## サフランご飯

真夏の暑いころ、一度サフランを使ったカレーライスを作ったから、サフランはもう馴染のものだろう。

サフランの花芯の髄から作った真黄色いにおいの高い香料だから、値段の方もずいぶん張る。

高貴薬なのである。血のめぐりによろしく、胃腸にもよろしく、心悸をしずめる鎮静剤の役目も果たすのである。だから、微量のサフランを買っても、三、四百円ぐらいはする。デパートの香辛料の部で売っているが、なければ、薬屋にいって買い求めればよい。

左様、五、六人前のサフラン飯で、サフラン二百円見当ぐらいは使ってもらいたいところである。その高価なサフランを、丁寧に小さくきざむ。庖丁で切るのもよろしいが、鋭利な鋏で紙の上に細分するのもよいだろう。

そのきざみサフランを、コップに入れて、熱湯少量をそそぎかける。しだいに発色し、鬱《う》金《こん》の色を呈するだろう。

サフランはそのままにしておいて、お米を三合ばかり用意しよう。

よく水洗いし、グラグラ沸騰する大量の熱湯の中で四、五分煮る。煮上げた米をザルの上にあける。

大きな中華鍋か、フライパンの中で、その四、五分水煮したお米を、バターかサラダ油で丁寧にいためるのである。

このとき、ピラフのあんばいに、タマネギのみじん切りをいためておいて、その上にお米を加えるのもよいだろう。

少量の塩と、化学調味料を入れて、ようやく発色してきたサフランのひたし湯をかけ、お米全体が真黄色になるまでよくいためる。

別に豚の背脂を、一〇〇グラムばかり用意しておこう。肉屋に豚の背脂といって注文すると、高くても一〇〇グラム四、五十円のはずだ。

キャベツを一個買っておく。そのキャベツをバラバラにはずしていって、一個分全部を次々に塩熱湯にくぐらせながら、シンナリとさせる。

さあ、なるべく大きな、蓋つきの大鍋を用意しよう。

なかったら、中華鍋や、フライパンの大きなものを使って、上からきっちりと蓋さえかぶせられれば、それでよい。

まず、鍋の底にまんべんなく、細く切った豚の背脂を敷く。その上に一個分のキャベツ全部をひろげてゆくのである。キャベツの真ん中あたりを中心に、サフランのお米を盛り上げよう。

つまり、背脂を敷いた上にキャベツをひろげ、そのキャベツ全面の八分通りぐらいにひろげるつもりで、サフラン米を盛り上げるわけである。

上からきっちりと蓋をして、なるべく弱い火で、焦げつかないように蒸し煮にしてゆくわけだ。あとは背脂がとろけ、キャベツの水分が蒸発して、サフランご飯がほどよく煮え上がるのを待つばかりである。

さあ、時間にしてどのくらいになるか。火加減や、鍋の厚さによってさまざま違っていようが、あらまし三十分ぐらいのところだろうか。

火をとめてしばらくそのまま蒸らす。

好みではマッシュルームをレモン水の中でよく洗い、サフランご飯の煮上がる十分前ぐらいに、そのサフランご飯の中へまぜこんでおくのもよいだろう。その際、バターを少しばかりアチコチに散らしておく。

ご飯がよく蒸れ上がったと思ったら、豪華な西洋皿に盛り上げて、いただくときはぜんたいをまぜ合わせながら、小皿にとり分けて食べる。

## 鶏の手羽先料理

牛肉や豚肉がバカバカしいほどの高値を呼んでいる時に、鶏肉だけが、まったく、私達の救いのように、安い。

ことさら、手羽先といったら、一〇〇グラム、せいぜい三十円か、三十五円ぐらいのものだろう。楊貴妃が大そう好きだったという、その手羽先のところが格別に安いのだから、嬉しくなるではないか。

そこで、大いに、鶏の手羽先の料理を研究して、鶏の手羽先のところを食おう。

まず一番手っ取り早い、手羽先の食べ方といったら、醤油とお酒を半々に割って、そのタレの中に五分か、十分かひたし、てり焼きにすることだ。

この時、いつも私がやるように、ガスレンジの両側に、煉瓦を二つならべ、その上に大きな金網を載せ、網焼きをするのがよいだろう。ガスの焔の上に鉄の薄板でつくった魚焼きを置いておくと、ジカ火が遮られて、ジンワリと、うまく焼けるものである。

この簡単な網焼きの手羽先が大層おいしいけれども、もうちょっと、西洋風に食べたいというのだったら、よろしい、これまた至極簡単な、西洋風の手羽先料理を伝授しよう。

まず、手羽先を程よく塩コショウして、五分か十分ばかり、放置する。

次にピッタリと蓋のしまる鍋を用意して、その鍋の中に、手羽先を移す。さて、その手羽先の半分ぐらいのところまで水を入れる。つまり、手羽先のカサが一〇センチあったら、五センチぐらいのところまで、水を入れるわけだ。

ニンニクを叩きつぶして一塊。ほかにニンジンだの、タマネギの切れっぱしだのを、いい加減入れる。

次に香草のブーケ（束）を入れるのだが、月桂樹の葉と、クローブと、タイムと、エストラゴンでもあれば大したものだけれども、なに、月桂樹の葉一枚だけだってよい。

さて、バターを一匙。できたら、ブドウ酒とか、お酒とか、少しばかりきばって入れておこう。そのまま点火して、トロ火で、焦げつかせないように煮つめるだけで出来上がりだ。

時間にして大体三、四十分というところだろう。余り早目に焦げついてきたら、火が強すぎたか、水が足りなかったせいで、ほんのちょっと、水を足せばよい。

水気がなくなったところが、出来上がりで、あとはサラダでも添えながら、温かいうちに、手で摑みながら、たらふく、手羽先を食べてみるがよい。

最後に、今度は、中華風の手羽先の前菜をつくってみよう。

手羽先の素敵な前菜ができるばかりでなく、一緒に中華風のスープがとれるから、ラーメンのスープにしたり、ホウレンソウの卵トジのスープにしたり、一石二鳥の活用ができる。

まず手羽先をタップリの水の中に入れ、コトコトと、弱火で、四十分ばかり水煮をする。そのスープの中には例によって、ニンニクの塊をつぶしたもの、ネギの切棄てる青い部分、ニンジンの切れっぱしなど、入れておこう。四、五十分火を入れたら、穴あき金杓子で、手羽先だけを、そっとすくいあげ、水を切って、よくさます。よくさまさないと、次の操作のときに、煮くずれる危険があるからだ。

さて手羽先がよく冷えた頃、中華鍋に油を大匙三杯ばかり入れ、強火にかける。煙があがる頃、手羽先を、一挙にほうり込んで、表面に焦目がつくくらいまで、よくまぜる。

そこで、まわりの鉄鍋のフチからたらし込むようにして醤油をさし、酒をさし、手羽先に色目をつける。この時、五香があれば、ほんの少量、ふりかけておく方がよいが、無ければ、ペパーだけだって、結構である。

最後に、ゴマ油を少量ふりかけて、匂いを足せば、それで出来上がりだ。

# バーソー

もう随分とむかしのことだが、熱海の仕事部屋で原稿を書いていた私のところに、ひょっこりと、邱永漢君が陣中見舞にやってきてくれた。邱君はご存知の通り、食通の大家だし、私は朝夕の食事の単調にうんざりしていた矢先だから、

「ひとつ、台湾の、一番簡単で、面倒の要らない料理を教えてくださいよ」

と頼んでみたことがある。何しろ、私は旅先のことだし、持っているものは、深鍋ひとつだけの有様であったから、邱君は、その私の手持の鍋や皿の類を眺めまわしたあげくに、

「いいでしょう。やってみましょう」

と、きさくに引き受けてくれた。

そこで二人で町に出て、豚のバラ肉の塊を三〇〇グラムばかり、ネギの束を二束三束買いこんだ。あとはシイタケと、卵ぐらいのものだったろう。

邱君は、そのネギの根っ子だけを取りのぞき、ザブザブと水洗いして、長いまま全部、鍋の中に入れた。切りも何もしない。その上に少しばかり水を入れ、今度は豚バラの塊を、丸のまま、ほうり込んだ。そこへ大量の醤油を入れて、ガスに点火した。もしかしたら、カンざましの酒を少し加えたかもわからない。それで終わりであった。トロ火で、二、三時間も

煮込んだろうか。その間、邱君は見向きもしなければ、かきまわしもしない。まったく簡単きわまりない料理であった。やがて、ゆで卵の皮をむいて三つ四つほうり込み、シイタケをほうり込み、

「味がしみたら、それで出来上がりですよ」

やがて、邱君のやる通り、そのとろけたネギをメシにかけて食べてみたら、なるほどうまい。肉の方は簡便東坡肉《トンポーロ》といったところである。ゆで卵もシイタケも大いによろしい。いわば、手入らずの、台湾おでんだ。

コンニャクだって、豆腐だって、よろしいだろう。ネギをドンドン補給して始終火にかけていたら、一ヵ月だって、腐らないはずだ。

みなさんも、この手入らずの台湾おでんをやってみるのがよろしいけれども、あまりに芸が無いというのなら、よろしい。おなじく台湾の「バーソー」のつくり方を指南しよう。

豚バラ三〇〇グラムを二度びきに挽肉にかけて、ネギをやっぱり、三束か四束か買ってくる。豚バラはねばるから挽肉にはできないよ、などと肉屋がいっても、よく頼んで挽肉にしてもらう。

さて、大量のネギを薬味のように、ザルいっぱいぐらい切っておく。サラダ油を少し多目のつもりで中華鍋に入れ、はじめにたたいてきざんだニンニクとショウガをいためる。そこへ、ザル一杯のネギを加えて、弱い火で一時間ばかり、丁寧にいためてゆくのである。

いためるにつれてネギはアメ色になり、その量も、ザルいっぱいのネギが手のひら一杯ぐ

らいになり、ネトネトととろけるようになり、その形もほとんどなくなってしまう。そこへ肉を入れ、ザブザブとひたるぐらいの醬油を入れ、少しばかり酒を入れ、よく煮つめるのである。

出来上がったものはご飯にかけてよろしく、ジャジャメンの肉みそ同様によろしく、熱湯をかければ即席ラーメンのスープによろしく、酒のサカナによろしく、何にでも転化できる。腐りにくいし、いため直せば、一ヵ月でも大丈夫のはずだ。

さて、あと一品。豚の挽肉を三〇〇グラム買う。タマネギ三分の一個をみじん切りにして手早くいため、挽肉を加えて、強火でいためる。醬油を少々、酒少々を一緒にコップに入れておいて、肉の上に一挙にかけ、肉をよくほぐす。汁気がなくなった頃、カレー粉をふり、全体にまぶしつけながらいため終わると、出来上がりだ。これまた、ゴハンのふりかけ、酒のサカナに素敵である。

## オニオン・スープ

フランスのあちこちの町々の食堂で、オニオン・スープをすする時ほどたのしいことはない。さあ、値段にしていくらになるか、多分百五十円かそこいらだが、タマネギのいためつくされたような歯ざわり。スープの匂い。チーズのドロドロ。そのチーズをスプーンですくって、口まで運んでゆくと、まるでとりもちのように長く糸を引くたのしさなど……。

オニオン・スープは日本人の食生活の中に、もう少ししみつかせたい食べものの一つである。

オニオン・スープはタマネギとチーズとスープさえあれば、たちどころにできる食べものであり、オニオン・スープをつくるためにだけでも、私は日本人に天火の普及をすすめてみたいものである。

日本の食生活に、一番ないがしろにされているのは、天火の使用だろう。これほど便利でこれほどおいしく、これほど不思議なさまざまなご馳走を作りうる簡単な道具を、どうして日本人がなおざりにするのか、わからない。

簡単にいってしまえば、オニオン・スープというのは、タマネギをよくいためて、茶碗に入れ、その茶碗にスープをみたし、そのスープの中にパンとチーズを入れ、これを天火で焼き上げるだけのことだ。

などといってしまっても、みんな信じないだろうから、これを細かにもったいぶって申し上げるならば、まず、分厚いフライパンだとか、中華鍋だとかで、薄切りにしたタマネギを、バターとサラダ油を半々にして、とろ火で、一時間ぐらいいためなさいと申し上げておく。さあ、タマネギの量だが、一人に一個ずつぐらいのいきごみでよいだろう。つまり五人前にして五個のタマネギをうすくスライスして丹念にいためるわけである。

タマネギはだんだん色づき蒸発してはじめの四分の一ぐらいになるだろう。その色も半透明から薄茶色、やがて狐色に変わっていくだろう。そこらあたりで火をとめる。そのタマネギを、なるべく天火用のしっかりした茶碗に移し、自分のところで自慢のスープを入れるがよい。面倒くさかったら、固形スープでだしをとったって、本人の食べることだ、私は一向にかまわない。

ただ、しっかりした上質のパンがほしいものだ。そのパンがカサカサになってしまっていたって、切れはじであったたって、一向にかまわないが、フランスパンのこしの強いパンであってほしい。

そのパンを両面とも焦目がつくくらいによく焼いて、あげくの果てに、チーズを重ねて、むし焼きにしてみよう。できたら天火の中に入れるがよい。

さて、茶碗のスープの中にチーズとパンを入れる。

ここでチーズの話にうつるが、皆様の使っているのはプロセスチーズがおもで、そのプロセスチーズは引きも何もない。だからオニオン・スープはどうしてもナチュラルチーズを使わなければならない。

ナチュラルチーズというのは、プロセスチーズとかその他万般の加工されたチーズのもとであって、チーズの中に気泡ができている奴だ。

そのナチュラルチーズをチーズおろしでおろして、スープの五分の一ぐらいの量を茶碗の中に入れる。

さて、これをオーブンの中に入れれば出来上がりだ。もちろん、好みによっては、ニンニクとか、香料のブーケとか、スープを煮出す時に入れておくがよろしいし、あるいは、タマネギとニンニクの薄切りを、バターやサラダ油で、ほとんど黒変するまでいためておいて、それをもんでスープの中に足す方が色もしっかりしてくるし、匂いもかんばしいかもしれない。

## アナゴ丼

アナゴという魚はけっして高級魚ではない。一〇〇グラム一体いくらぐらいのところか、くわしくたしかめたこともないが、私のところの、五、六人家族で、お腹いっぱい、アナゴ丼をつくって食べて、その材料のアナゴが、せいぜい三、四百円といったところだろう。

アナゴもまた安くて、美味な魚の一つである。

しかし、アナゴをおいしく、軟かく、香ばしく、仕立て上げることはむずかしくて、とても、素人では、寿司屋さんのあんばいに、材料を厳選し、うまく調理することは覚束ない。

私達は、たとえば神戸の「青辰」さんのように、一本えらびにえらびぬくことなど、到底できっこない。

冷凍ものだろうが、何だろうが、魚屋の店先に並べられているアナゴが、もし頭でもくっついていたら、めっけものの方で……、そういう素人の、まことに素人向きな料理をつくって、当りはずれのないように、私はここに檀流アナゴ丼の秘伝（?）を公開しよう。

今も申し上げた通り、アナゴは開いてあっても、なるべく頭つきのアナゴを買って来る。その頭や、シッポの先の方を切りはなし、全体をウナギの蒲焼の時みたいに、二、三片に切る。ここで素焼をするわけだが、いつもの通り、ガスレンジの両端に煉瓦を置き、火の真上には鉄板を敷いて、直火をさえぎるようにしながら、素焼にするにこしたことはない。

さて、頭やシッポの方が焼けてきたら、これを手鍋に入れ、醬油、みりん、酒などで、ダシをつくる。醬油や、みりんや、酒などの割り合いは、どうだって好みのままでよいので、色つや美しく、少しは甘く仕立て上げたかったら、みりんをふやしてみればよい。サッパリとしたかったら、みりんや酒をへらせばよい。

煮つまってきたタレを刷毛でぬりつけながら、アナゴの切身を、コンガリと、蒲焼のふうにあぶりあげる。

そこでドンブリを用意しよう。

ドンブリの底にご飯を少し敷き、そのご飯を刷毛でならしながら、一、二片の焼き上げたアナゴをならべる。その上に、またご飯をのせて、刷毛でよくご飯をならし、平らにし、今度は、二、三片のアナゴをならべて、その上にもう一度、薄くご飯を敷く。

つまり、ご飯の間に、サンドイッチされた二重のアナゴがならんでいるわけだ。

この時に、ご飯を余り押えつけるとまずい。タレの刷毛で、チョボチョボと押えたら、タレを塗りつけたりするような具合にやるのがよい。

一番上辺には、ご飯がのっているから、直接、アナゴは見えない。

さて、このドンブリを蒸器にならべて、しばらく蒸すのである。余り長く時間をかけると、アナゴがふやけるし、程よい時間が大切だ。さあ—、十分か、せいぜい十五分。

蒸し上がったドンブリの上に、錦糸卵を散らし、その上に、好みでは、もみノリでもふりかけたらどうだろう。

私は、アナゴの頭でよくダシのとれたタレを薄め、ササガキゴボウを一瞬煮しめ、これを錦糸卵の上にのせて、食べるのが好きだ。ゴボウの匂いと、アナゴの匂いが、からみ合うところが、おいしいのである。

## 魚のみそ漬

今頃は、鯛チリだの、鱈チリだの、ハタハタのショッツルだの、鍋物を大いに楽しんで、さて、その魚肉が余り、魚肉の保存に心を痛めることがある。

そんな時は躊躇なく、みそ漬を作りなさいと申し上げてみたい。

いや、別段、余りもののお魚でなくたって、魚屋の店先で、綺麗なアマダイだのマナガツオだのを見つけた時など、みそ漬に仕立て上げると、こんなにおいしいものはない。

みそ漬は、われわれ日本人の嗜好に、もっとも密着したご馳走の一つだから、あまりからくない一夜漬のみそ漬を漬け込んでその美味しさを、たのしむがよい。

普通、みそをつくる時に、みその柱といって、ショウガだの、ダイコンだの、ナスだの、キュウリだのを漬け込む、からいみそ漬があるが、そういうみそ漬とは嗜好を変えて、魚肉の類を、一晩、せいぜい二晩ぐらい漬け込んで、みそ汁の実にしたり、焼魚にしたり、酒のサカナにしたりする即席のみそ漬だ。

例えば、今日、マナガツオを魚屋の店先で見かけたとする。一尾百五十円見当か。これを家族四、五人でみそ漬にしようと思ったら、ハラワタだけを抜いてもらって、一尾丸ごと家に持って帰ることにしよう。

さて、よく汚れを洗って、庖丁を入れる。家族の数に合わせて、適当に切り分けるわけだ。マナガツオなどは、二枚や三枚におろさないで、そのまま適宜の大きさに骨を通して斜め切りにするのがよいだろう。

次に塩やみその味がよくしみるよう、固い皮の表面に、骨切りよりも浅く、細い切目を入れるのがよいだろう。

全体に薄く塩をして、ザルの上に三、四時間、放ったらかしておく。皿やドンブリの中に入れておいてもよいが、塩によって脱水された水気がたまって、ベタついたり、におったりしやすいものだから、なるべく、ザルの上にならべておこう。

さて、みそ漬にするみその床だが、自分の日頃使い馴れているみそに、酒や、みりんを加えて、みそ全体をベタベタにといておくほうが、あつかいもよろしいし、よく味もしみ、それにみそからさが少なくなるだろう。

三、四時間、塩した魚肉を、ここで、そのみその床に移しかえるのである。魚肉全体によくみそをまぶしつけ、前の夜から漬けるならば、その翌朝あたりが一番おいしいかも知れぬ。

ただ、焼く時に、みそを丁寧にこそげ落として、あぶらないと、みそが真黒に焦げやすいものだ。場合によってはフキンでみそをふきとっておくのもよいが、焼いた時にみそや、酒や、みりんの照りが魚肉の表面を、美しい焦げ茶の色におおうところがおいしさを倍加させるゆえんである。

勿論、サンショウの葉だの、ユズの皮だのを添えるのが、なお一層、みそ漬の味をひきたたせる。

## クラム・チャウダー

アメリカ合衆国には、素朴で、手軽で、おいしい料理が、さまざまある。このクラム・チャウダーなども、アメリカの簡素で、おいしい料理の、傑作の一つだろう。

私は、からっ風の寒い日に、ニューヨークのセントラル・ステーションの地下街で食べたクラム・チャウダーのぬくもりを、今だって、忘れない。

だから、寒くなってくると、一週間に一度ぐらいは、クラム・チャウダーをつくって食べるし、オヤジのつくるさまざまの料理の中でも、子供達は、このクラム・チャウダーが一番お気に入りのようだ。

小さなハマグリがあったら、きばって二皿買ってこよう。ハマグリがなかったら、アサリで結構で……、いや、はじめっから、アサリ二皿ときめておいた方がよさそうだ。

まず鍋にコップ三杯ばかりの水を沸騰させておこう。アサリをその鍋の中にほうり込んで、貝が殻を開いたとたん、ガスの火をとめる。これだけはぬかりなくやっていただきたいもので、長煮は禁物である。貝の温度がさめて、手で扱えるようになってきたら、貝の身を殻からはずし、もちろん、殻は鍋の外に捨てる。

貝の身は、そのまま貝の煮汁の中に残して、穴アキの金杓子か何かでゆさぶりながら、よく砂をおとして皿の中に移す。この時、貝の身を好みでは適当にきざんでおくのもよい。

さてフライパンか、スープの手鍋で、お湯で塩抜きしたベーコン三、四枚なり豚の背脂なりを小さくきざんで、ミジン切りにしたタマネギやパセリと一緒に、サラダ油とバターで色づかぬ程度にいためよう（ここのところで、トマトの皮をむき、細断して一緒にいためておくのもよい）。タマネギの量は、アサリ二皿に、中位のタマネギ半分ぐらいで結構だ。その上にメリケン粉を大匙二杯ばかり足して、しばらくいためる。

ここへ、アサリの煮汁を注ぎ入れながら丁寧にとくわけだが、アサリの煮汁の底にたまった砂やオリを、一緒に入れないように、注意しさえすればよい。

別に、ジャガイモを二つ三つ、皮をむいて、サイの目に切る。このサイの目に切ったジャガイモをグラグラたぎった塩湯の中で、四、五分ゆがいて、ザルの上に取り出しておこう。アサリの煮汁でよくといたベーコン（あるいは豚の背脂）、タマネギ、パセリ、メリケン粉の白色ルーのモトを、スープの鍋に移し（はじめからスープの鍋でいためているのなら、もちろん、そのままだ）、牛乳を一本ばかり足し、弱い火にかけながら、丁寧にまぜる。

ポタージュ風に、トロリと仕上がるまで、さらに牛乳を足して、ここで塩加減をする。トマトをいためてない人はトマトピューレを少々加えて、匂いと酸味を足すのがよいだろう。好みでは、タイムの葉か、タイムの粉末を少々入れ、細かく薄切りしたセロリを入れ、ジャガイモを入れ、沸騰してきたらアサリを入れて、これで出来上がりだ。

アメリカでは、クラッカーなどをむしりつぶし、早目に入れて、ツナギにしているが、一度日本でこころみてみたところ、変に油くさくて、駄目であった。

だから、丁寧に、バターでメリケン粉をいためることにしたわけだが、出来上がりには、チーズ・クラッカーでも散らすがよい。

## ヨーグルト

檀流クッキングは、どうも、酒のサカナばかりが多い……、とおっしゃる向きに、今回は一つ、美容と健康を主にした飲物のつくり方をお教えしよう。

美容と健康の飲物のつくり方などと大ゲサな事ではないが、自家製ヨーグルトのすすめである。

どのくらい体によろしいものか、私は、科学的または医学的な根拠などまったく知らないが、自分でつくって、自分で飲んでみて、少なくとも、便通だけは、至極よろしいような感じがする。

牛乳を自家製ヨーグルトに変えて、飲むだけで、俄かに霊験あらたかな効能などあろうとも思わないが、しかし、つくって楽しく、飲んでおいしく、続けて、何となく胃腸の調子がよろしいように思えたら、こんな仕合わせなことはないではないか。

その製法は至って簡単である。

毎朝配達されてくる牛乳の中に、まず米の麴を二、三粒入れる。ビオフェルミン（乳酸菌製剤）の粉末を、ほんの茶匙三分の一ぐらい入れる。エビオス（乾燥ビール酵母製剤）の粉末をこれまた茶匙三分の一ぐらい入れる。

この三つのものを、牛乳の中に入れたら、お箸でよく掻きまわして、大体一昼夜ばかり放置すると、次第に凝縮してきて、自家製ヨーグルトが出来上がるのである。

もちろん、夏と、冬とでは、出来る速度が違い、夏は雑菌が混入するのか、得てして、不味のものができやすいが、春や、秋や、冬は、ヨーグルトに変る時間は、多少遅れても、大変おいしいヨーグルトが出来上がることは確実だ。

さて、瓶の上に密栓をすると、ヨーグルトになりにくいから、瓶の上は、ゴミをよけるだけのフランネルでもかぶせてもらいたい。

横から瓶の中味をのぞくだけで、ヨーグルトの出来具合はわかるから、あらまし、凝縮しかかったと思ったら、冷蔵庫に入れて、しばらく冷やすのが、おいしいようだ。ところで、瓶の中の牛乳が、ヨーグルト化して、たとえ分離してしまっていても驚くにはあたらない。よくかきまわせば、おいしくいただけるのである。

もっとおいしく飲むのには、少しばかり、蜂蜜を入れ、全体をミキサーにかけると、たちまち、均質のヨーグルトが出来上がる。

自慢をするわけではないけれども、市販しているヨーグルトよりは、自家製ヨーグルトの方が、何層倍もおいしく、また趣味が深いものである。

これはけっして、私の発明ではなくて、実は、私の高等学校の頃の、独逸語の教授であった佐藤通次先生から習った処方である。

先生は別に専売の特許を取ろうなどという考えはなく、大いに流布して、みんなの愛飲をすすめておられるから、ひとつ自家製ヨーグルトをつくり、これが、美容と健康にどのくらいよろしいかは、自分で実験することにして、愉快に、おもしろく、またおいしく、ヨーグルトを飲んでみるがよい。

## ヒジキと納豆汁

ナメコの出盛りの頃に、納豆汁をつくって食べるほど愉快で仕合わせなことはない。まったく、納豆汁やヒジキなど、日本的食品の究極のものだろう。さて、この原稿を書いているところは、ポルトガルはリスボンの、ディプロマチコというホテルであって、今しがたも、フルファマというリスボン市の一番古い町に出かけ、豚の耳だの、鶏の足だの、牛のアバラ骨だの、ゴタまぜに煮こまれた料理を食べて、おそれ入って、帰ってきたところである。

そこで反射的に、出発前にとり置きの写真を思い出し、ヒジキと納豆汁に思いを走らせたわけだ。

もし、乾燥させたヒジキなら、水にもどして、二、三時間……。余り長く水につけ過ぎると色も悪くなり、歯ざわりも悪くなる。ヒジキの黒いツヤと歯ざわりを大切にしながら処理しよう。

さて、ヒジキにまぜ合わせる具はニンジンのせん切りが赤くて美しいが、油揚げだとか、その他、昨夜の魚の煮付けた余りものでも、豚の切れっぱしでも、何でもよろしかろう。

処理するのは、中華鍋がよい。ラードでも植物油でもよろしいが、強火にして、まずヒジキをいためる。あとはニンジンだの、お揚げのせん切りだのを加え、砂糖とみりんを入れるのだが、ヒジキだけは、少々味をくどくした方がよいようだ。砂糖とみりんをからめつけてしまってから、醬油を入れる。

醬油の煮つまってくるのを待って、私は、粉ザンショウやペパーを加えるならわしだが、やっぱり、火を止める寸前に、上質のゴマ油を垂らし込んで、海藻の臭味を、ゴマの匂いでやわらげるようにしよう。

今頃日本の山の中は、ナメコの盛りだろう。あのヌルヌルと口にねばるキノコの粒々の大きさ加減……、口ざわり……。まったく、ナメコほど、日本の風土をしみじみと思い出させる食べ物は無い。

何はなくとも、ナメコ汁さえあれば、仕合わせみたいなものである。

そのナメコを、私は納豆汁のドロドロの中でススするのが格別に好きだ。

ナメコも煮過ぎたらまずいし、納豆汁も煮えてしまったら、ただの呉汁《ごじる》になってしまうから、ナメコの納豆汁は、煮立った……、食べた……、でなくてはならない。

間髪を入れるスキを与えたら、納豆も、ナメコも、駄目になってしまうわけだ。

よくダシを取ったみそ汁を仕立てておいて、まず豆腐をソッと入れる。煮立つ寸前にナメコを加え、最後に、スリ鉢ですり合わせた納豆を入れる。

煮立とうとするまぎわに火をとめるのがよろしいはずだ。

納豆は、スリ鉢ですって、ダシ汁を加えてとくが、私は面倒だから、ミキサーにかけるならわしである。

## からしレンコン（おせち料理1）

これから、しばらくの間おせち料理といこう。

といっても、身勝手な檀流のおせち料理であって、作法や、礼式にかなうものではない。これを作っておいて、切って出せば、即座に酒のサカナになり、正月のお惣菜になるといったたぐいのものである。

まず第一番にからしレンコンをつくってみよう。からしレンコンというのは、熊本の郷土料理であって、熊本の方言にモッコスという言葉がある。頑固一テツな熊本カタギの気性とその男性をいうわけであって、モッコスどもが、甚だ愛好するのが、このからしレンコンである。

簡単にいってみれば、ハスの穴の中に、からしの辛味のピリリときいたみそをつめ合わせて、これを天プラに揚げる。そのレンコンを、随時小口から切って食べるわけである。

レンコンはあまり大き目のものより、中ぐらいか、すんなりと紡錘状になったものの方が処理しやすいようだ。

まずレンコンを、五分ばかり熱湯でゆがく。この時、多少の塩と酢を入れ、カリカリとした歯ざわりを残すように、ゆですぎないようにしよう。

この、半ゆがきのレンコンの節のところをおとし、両側の穴が完全にトンネルのようにあいている必要がある。

さて、別にみそを用意し、そのみその中に大量のからしを入れる。からしはといておく必要はなくて、からし粉のまま、できるだけ沢山みそとまぜ合わせるだけである。好みでは適宜の砂糖を加えるのもよろしいだろう。

オカラをみその半量ばかり用意して、フライパンか鍋でよくカラ煎りし、今しがたのみその中にまぜ合わせる。

これはみそのカラ味を柔かくし、かたがた、ハスの穴の中にみそのとまりをよくするから、けっして忘れないでもらいたい。

このからしみそをレンコンの穴の中につめるのが、きわめて愉快な事業だが、読者はいったい、どうするものだと思いますか？　クリームの絞り出し器ででも入れる？

そうではない。マナ板の上にみその山をつくり、レンコンを垂直に握って、そのからしみその上でトントンと叩くだけである。すると、からしみそはレンコンの下の穴から上部に抜けていって、一瞬のうちに、上側の穴からあふれ出すのである。

これでレンコンの穴の中にからしみそが充填されたわけであるが、一晩ザルの上か何かにおいて、そのからしみそが充分安定するのを待とう。というのは、みそから水が流れ出してきたり、ハスの肌がヌメヌメしすぎて、衣がつきにくかったり、やっぱり、一晩か、一昼夜か、ハスとからしみそが、ある程度乾き、なじみ、安定するのを待つわけである。

さて、これを天プラに揚げる衣だが、熊本では、マメ粉を使うようだ。

東京で私は、ウグイス粉と、メリケン粉を半々ぐらいにまぜ合わせ、色と匂いをよくするために、少量のサフランを湯どきして加えるならわしだ。

衣をつける時や、油に投げ込む時に、手がベタベタになりやすいし、からしレンコンの肌の衣が、破れるから、衣をつけたあと、レンコンに竹串をつきさして、操作する。

色よく、揚げあがったら出来上がりだ。よくさめてから随時小口切りにして食べる。

## 牛タンの塩漬（おせち料理2）

旧来のおせち料理に、牛や豚を主な材料にした料理は少なかったが、日本人の食物に対する趣味嗜好が、大幅に変ったのだ。

私のところでも、牛豚を素材にした保存料理を必ず一、二品は用意して、若い来客達に備えている。

もちろん、ハムや、ソーセージの類を買入れておけば結構だが、一年に一度ぐらい、自家製の、おいしい特別料理を用意しておいて、みんなで楽しみたいものである。

そこで、牛の舌の塩漬だが、物事を面倒臭く考えることはない。牛の舌をくさらせないために塩漬にするだけのことだと思って貰いたい。ただ、その塩漬の牛の舌を、色よく、匂いよく、おいしく、なるべく長持ちするように工夫するだけの話である。

牛タンの「ソーミュール」だなどというと、マジメなご婦人方ほど、びっくりして、やれ月桂樹の葉が何枚かだの、タイムが無かったらどうしよう、だのあわてふためくが、牛の舌を塩漬にするのが眼目で、それを、いくらか、マシな味や匂いや色にしたいということだ。

まず牛タンを一本買ってくる。一本いくらぐらいになるか、大小によっていろいろちがいもあろうが、大ザッパに一本千円から、千二百円ぐらいなものだろう。なるべく表面の皮がくっついている方がよい。

これを漬け込む塩であるが、普通のあら塩で結構であって、アラジオって何だろうなどとあわてないで下さい。塩です、塩。普通のお塩を買ってきたらよい。ほかに、「硝石」を用意してほしい。「硝石」または「硝酸カリウム」といって、薬屋でわけて貰えばよろしいのだが、あまり多量に使ってはいけません。塩一キロについて、せいぜい四〇グラムどまりの割合だと思って下さい。

硝石は「牛タン」の色を美しく保ちますが、例の食品添加物の一つで、許可はされているけれど、あまり多用しない方がいいだろう。

そこで牛タン一本に、大体小匙一杯ぐらいのつもりで、その硝石をタンにスリつける。

つづいて、五〇〇グラムぐらいの塩をふりかける。

さて、硝石と塩をかぶった牛の舌を、錐や、千枚通しで、丁寧に何度も何度もつつくのである。牛タンの肉質の中に、塩や硝石をしみこませるわけだ。

これを漬物桶にでも移し、月桂樹の葉一枚、タイム少々を加え、上から蓋をし、重しをすればそれでよいが、場合によっては、塩と硝石を鍋の水で煮る。塩と硝石の割合は、いつでも硝石を塩の二十分の一ぐらいだと考えておいて貰いたい。

その鍋の水の中に月桂樹の葉や、タイムや、粒コショウなどを入れた方が匂いはよろしく、ザラメを少量加えておくのも結構だ。この液を充分に沸騰させてから、よくさまし、さっきの牛タンの上にたっぷりかける。

こうして、牛タンの塩漬をつくるのだが、夏場だったら五、六日。今頃だったら一週間から十日ぐらい、なるべく冷たいところに置いて、塩をしませる。

さて、つかり頃を見はからって、この塩蔵の牛タンを取り出し、よく洗い、ニンニクや、月桂樹の葉や、タイム、セージなどを加えて、二、三時間、トロトロ煮ると、色美しい「牛タン」が出来上がる。

さまして、皮をそぎ落とし、小口から切って、そのままおいしい前菜だが、あぶっても、焼いても、シチューに入れても、結構だ。

## ダイコン餅（おせち料理3）

例年、お正月になると、邱永漢君から「ダイコン餅」をいただくならわしだ。これを薄く切って、フライパンの中で油であぶって焼くと、まったくおいしい。

手軽で、おいしいし、保存がきく料理だから、年の暮れにつくっておいて、おせち料理の一品に加えておくのがよろしい。

上新粉でつくった、蒸し餅であって、広東の点心のひとつなのである。

まず上新粉を三袋ばかり買ってこよう。普通の袋で、一袋一六〇グラムぐらいだから、三袋で四八〇グラムということになるが、はかり売りだったら、五〇〇グラム買ってくる。

ほかに、ダイコンを用意する。普通のダイコンの大きさだとして大ザッパにその五分の一ぐらい皮をむき、ザクザクと短冊の形に切り、これをひたひたのお湯で煮るのである。

充分やわらかくなるように煮上げたダイコンを穴アキ杓子ですくってスリ鉢の中に移し、スリコギでつぶす。つぶし終わったら、ダイコンの煮じるを入れ、上新粉を全部入れ、手でこね合わせるわけだが、この時の堅さは、耳タブの手ざわりぐらいに思ってもらいたい。

ダイコンの煮汁が足りなかったら、お湯を足せばよい。

最後にダイコンとほとんど同じくらいの量の豚の背脂をサイの目に切って、湯ビキをしておき、今しがたこね合わせた上新粉の中にまぜ合わせる。そこで、少量の塩と、ペパーを加え、ごく上質のゴマ油も大匙一杯ばかり、まぜ合わせておくならわしだ。

さて、よくこね合わせたものを、適当なドンブリに移して、蒸し器で、一時間足らず、蒸し上げれば出来上がりである。

ただし、すぐには食べられない。

よくさましてから、カキ餅の形にやや部厚く切って、フライパンの中で、油で両面をコンガリと焼いて食べるのである。

フライパンの中で焼く時にはラードでも、天プラ油でも、ゴマ油でも、サラダ油でも、バターでも、何でも結構で、いろいろやってみるがよいだろう。

このように、豚の背脂と、ダイコンだけ……。薄い塩味とペパーの匂い……。僅かなゴマ油だけのダイコン餅を、フライパンの中で狐色にコンガリと焦がし、トウガラシ油をたらしこんだ醬油をつけながら食べるのが、サッパリとしておいしいし、あきもこないし、わたしは一番好きだが、もっといろいろの味の変化をつけたかったら、シイタケを加えるのもよろしいし、乾エビや貝柱などをよくもどしておいて、その汁ごと加えるのもよろしいだろう。

「ラプチョン」といっているが、中国式の豚の腸ヅメを買ってきて、薄く斜め切りにして一緒に練り合わせたら、これは、随分の豪華餅になろう。

なあに、思い思いのものをブチ込めばいいので、ギンナンだの豚肉だの、何だって、上等である。

## 博多じめ（おせち料理4）

俗に博多じめと呼ばれている料理がある。どんなものか、簡単にいってしまえば、魚の刺し身の肉を、塩や酢でしめて、これをコンブの間に何重にもはさみ、重しをかけたものだ。

一日か二日でコンブのネバリとウマ味が、お魚の刺し身にからみついて、私は大そうに好きなものの一つである。酒のサカナによろしく、正月のご馳走によろしい。

筑前博多で、このような料理をつくるしきたりがあるから、博多じめとでも呼ぶのかと思われそうだが、そうではない。

魚の白身の肉と、コンブが、折り重なって、これを切った断面が、さながら、博多帯じめの「ケンジョウ」に似ているから、博多じめと呼ぶのだと思う。

さて、つくり方はしごく簡単で、誰でもつくれるのだから、こっそり仕込んでおいて、時に亭主をびっくりさせるがよい。高級な味わいのご馳走である。

魚はやっぱり、白身の、クセのない魚がよろしいように思う。つまり、タイだとか、ヒラメだとか、ひょっとしたら、アワビだの、エビだのも、おいしいかも知れないが、私はまだ、アワビやエビは、ためしたことがない。

コンブはなるべく幅の広い、ネバリの強いコンブをきばって買っておくことにしよう。

魚は、ほんとうは一尾の全貌を買って、さまざまに処理する方が、おいしくもあり、経済でもあり、いろんな味わいを楽しめるわけだが、博多じめをつくる目的だけだったら、お刺し身につくる前の短冊を買ってくるのがよろしいわけだ。

その短冊の厚みが、どのくらいあるか知らないが、余り厚かったら、よく切れる包丁で二枚にはがしてしまうがよい。

このお刺し身用の短冊の両面に塩をする。さあ、塩加減は、好みや、保存の長短によって、色々変わるわけだ。

塩をした魚の短冊を、四、五時間、ザルの上にでものっけておこう。なるべく、水気を切りたいためである。

さて、四、五時間が経過したら、酢でしめる。酢でしめるのは三十分ぐらいが適当だと思う。この酢の中に好みでは砂糖の甘味を入れるのもよかろうが、私は嫌いである。

さて、コンブの上に、酢でしめた魚肉の板状のものを載っけ、その上にまたコンブを載っけ、また魚肉を載っけ、次々とサンドイッチにして、マナ板の間にはさみ、上から、重しをすればそれでよい。

食べごろは、翌日、翌々日あたりが一番だろう。

食べ方はさまざまあって、コンブごと細い短冊に切って（つまりケンジョウの縞目を見せ）よろしく、魚肉だけ取り出して、ソギ切りにして食べるのもおいしい。

私はといえば、はじめっから、魚肉をソギ切りにして、塩をし、酢でしめ、コンブの間にはさむから、ケンジョウの模様にならない。
しかし、コンブの味のしみぐあいが早いのである。

## 酢カブ（おせち料理5）

カブの酢漬けなどといおうものなら、なーんだ、そんなもの、誰だってできると叱られそうだ。

しかし、お正月のお酒や、雑煮の胸焼けの合間に、スッキリと白く、歯ぎれよろしいカブの酢漬けをいただくのはうれしいもので、これを上手につくるのは、そんなにやさしいことではない。

十日ぐらい前からポルトガルにやってきて、ポルトガル人に、何が一番喜ばれたかというとカブの酢漬けであった。

彼らは、みんな喜んで、食べ、そのつくり方をききたがったが、コンブは別としても、カブや、ニンジンや、トウガラシ（ポルトガルでトウガラシのことをピリピリといっている）はみんなポルトガルにもあるのである。それを塩と酢で漬け込むだけのことを、大変に珍しがった。

ポルトガルのカブは、ちょっと漬かりが遅いような気がしたけれども、二、三日目に、まったく素敵な歯ざわりになり、味になり、私もまた気をよくしたものだ。

話はさておき、カブの皮をむいて、輪切りにしよう。輪切りにしたカブを、あらかじめ塩もみしておく方が、塩の下味が効いて、よろしいようだ。

塩もみしたカブをドンブリに入れ、いろどりをつけるつもりで、ニンジンの輪切りを加えておくがよい。恰好よく、花の形にでも切ったニンジンの方が正月らしいかも知れぬ。

さて、別に塩水を鍋に入れ、沸騰させる。沸騰してきたら、好みの甘さに、砂糖を加えるのだが、味の方はあとからどんな加減にでもできるから、あまり甘ったるくしておかない方がよいだろう。

次に酢を入れる。ちょっと一なめして、塩と酢と甘さの加減の均衡をためしてみよう。よしと思ったら、そのたぎっている汁を、一気にカブとニンジンの上にかけていって、たっぷり、全体がひたるようにしたい。

ここで、コンブを細いせん切りにしながら、カブとニンジンの上に散らしてゆくのだが、鋏で細くせんに切ることなど、子供に手伝わせてみるのが、料理と味の実習訓練になるだろう。

トウガラシの種子を丁寧に抜きとって、そのトウガラシも薄い輪切りにしながら、酢カブの中に入れてゆこう。もし、トウガラシが乾いてバサバサになっていると、種子も抜きにくいし、破れ易いから、あまり乾いているトウガラシなら、塩と酢を煮込む時にその汁の中で一緒にしばらく煮込むとよいが、汁そのものをカラくしすぎないように、トウガラシは、丸ごと入れ、あまり長く煮込まないほうがよい。

シンナリしたらすぐに取り出し、種子を抜き、薄い輪切りにして、カブの上に散らしていくわけだ。

さて、前後にユズの皮を薄くそいで、ほんの三、四ヒラでもよろしいから、加えてみたいものである。

ユズの香が立つばかりではない。色どりが美しい。ユズが無かったら、レモンの皮をそぎ入れても、よろしいではないか。

二日、三日目あたりが、漬かり頃だろう。

## 伊達巻（おせち料理6）

やっぱり、日本の正月のお節（せち）には、黒豆と伊達巻が無くては、はじまらないようなものだ。

お正月の重箱の中に、伊達巻がズラリとならんでいると、しみじみ、正月がやってきたという感じがする。色もいい。姿もいい。

しかしながら、近年、歳末に勢揃いして売られている伊達巻ほど、味も内容も堕落してしまったものはほかにないような気がするほどで、第一、甘すぎる、黄色過ぎる。まったく恰好だけの、浅はかな伊達巻に変ってしまったものだ。

せめて、伊達巻だけぐらいは、家々の主婦が、心をこめて、焼きあげて、正月を待ちたいものである。

さて、伊達巻の材料に用いる魚は何がよいか……。くわしく研究したこともないが、かまぼこやちくわの原料に向く魚の類なら、何だっていいだろう。

だから、エソだの、トビウオだの、イシモチだの、イカだの、いや、なるべく安く出回る魚を、さまざまにまぜ合わせてみるのもおもしろかろう。

とにかく、自分で、おじけずに、作ってみることだ。

私のところはといえば、例年、十二月の終わり頃に、九州でグチといっているイシモチが、どこから運ばれるのか、大変安いので、イシモチを使うのが、しきたりみたいになった。

イシモチという魚は、頭の中に、まったく石とそっくりの骨があるから、イシモチというらしい。伊達巻に焼き上げるとさっぱりとしておいしいものだ。

さて、そのイシモチを、丁寧に三枚におろす。

骨や頭は、ゆっくりと素焼きして、コンブと一緒にゆっくりとトロ火で煮ながら、ダシも取りたいところである。

三枚におろした皮付きの肉の片身を、マナ板の上に皮を下にして置き、上から出刃庖丁の背で、トントンと叩く。つまり肉ばなれをよくし、魚肉をほぐすわけだ。

こうして、魚の身がよくほぐれたと思う頃、庖丁の刃を斜めにしながら、魚肉を、その皮から、こそぎ取るのである。

うまく、いったかどうか。

こそぎ取った魚肉を、もうしばらく、叩いては練ってみよう。上質のかまぼこをつくる職人など、マナ板の上で、魚肉を練りに練り上げるようだ。

さて、練り上げた魚肉をスリ鉢にでも移し、卵を割り込むのだが、魚肉と卵の割合は、いろいろ研究してみるがよい。

砂糖の加減も、自分の好みに入れてみるのがおもしろかろう。

スリ鉢の中で魚肉と、卵を、よくまぜ合わせてから、全体をダシでとくのだが、さっき、イシモチの頭や骨や皮でとったダシを使うのが無駄がなくてよいだろう。

しかし、カツブシとコンブのダシにお酒でもたらし込んでダシを作るなら、これはまた上等だ。塩と淡口醬油を使って味をととのえる。

あとは、卵焼きのように厚く丁寧に焼き上げるだけで、焼き上がりをフキンで巻き上げた挙句、その上から、ちょっとお皿の重しでもしておけば、それでよい。使う度に、切るのである。

## ザワーブラーテン（おせち料理7）

ザワーブラーテンは、ドイツの家庭料理である。これが、おせち料理になるかどうか知らないが、牛肉を酸っぱく、焼いて、煮上げた料理であり、冷蔵庫から取り出して、切って、ならべれば、即座に冷肉の皿が出来上がるのだから、近代のおせち料理には、ハムや、牛舌の塩漬などと一緒に、若者達から喜ばれる食品になることは請合いである。

ドイツの女性から習った通りにつくってみるが、酸っぱい肉の味を余り知らない私達にとって、ちょっと、味加減がむずかしいかもわからない。

牛肉はヒレやランプなら、勿論上等だろうが、腿肉でも結構だ。なるべく長方形の方が、あとでスライスして食卓に供するのに具合がよい。

さて、牛肉の塊の上に月桂樹の葉一、二枚、クローブの粒二、三粒、ニンニク一つと、タマネギを一個薄切りにして散らし、その上から、酢と水を半々ぐらいのつもりでヒタヒタにかける。

このまま二日冷蔵庫の中に放置するのだが、間で一回、肉塊を裏返しにしておくのがよいだろう。

二昼夜の後に、肉塊を取り出して、ふきんで表面をよく拭う。ここでやや強目に塩、コショウをするのである。

フライパンを強く熱して、バターか、マーガリンを敷こう。肉塊の全面を手早く焼いて、少し焼き過ぎたぐらいの褐色の焦目を肉の表面につける。

ここで、肉塊をつけて置いた漬け汁を一緒にして、フライパンから、スープ鍋に移し、いつもヒタヒタぐらいのつもりで、一時間半から、二時間ぐらい、肉塊をトロ火で煮込む。

漬け汁が少なくなってきたら、その分だけ水を足して、いつも、肉の全体に漬け汁がかぶっているようにしたい。

まもなく、アクや泡が昇ってくるだろう。もちろん、丁寧にすくい取る。

こうして、肉が充分に軟らかくなったら、それで、出来上がりである。

冷蔵庫に入れておいて、必要な時に、そのつど取り出し、スライスして皿にならべるのだが、ホワイト・ソースや生クリームを添えるのがよろしい、と私の指南役であるシャルロッテ嬢はいっていた。

私はといえば、漬け汁を煮つめ、少しばかりトマト汁を足したりしてソースにしてみたところ、これの方がよろしいとシャルロッテ嬢は笑ったものの、お世辞半分かもわからない。

肉片は大皿にならべて、まわりに、ニンジンの煮込みや、ピクルスや、マッシュド・ポテトをならべてみた。

ドイツ人はザワーブラーテンが大変好物らしく、あちこちでご馳走になるのに、日本人は、まだ、よく、この味を知らぬ。

そこで、正月のおせち料理に、みなさんも、ひとつ、自己流に大いに調理研究して、日本的ザワーブラーテンをつくり出してもらいたい。

## 蒸しアワビ（おせち料理8）

一年に一度のお正月が間近である。

ひとつきばってアワビの蒸し煮など、どんなものだろう。生のアワビが手に入る方なら、その生のアワビで、蒸し煮をつくるのが一番にきまっているが、なに、冷凍のアワビを買ってきて、丁寧に蒸し煮にすれば、随分おいしいアワビのおせち料理ができるのだから、手間ヒマを惜しまず、正月のご馳走ぐらいは、自分の家でつくることにしたいものだ。

念の為に、生のアワビが手に入ったと仮定して、生のアワビから講釈しよう。

殻のついた生のアワビを仔細に見ると、一方に、黒くよごれたような穴が見えるはずだ。肛門だ肛門だと漁師はいっているけれども、果たして何であるか私は知らないが、お箸の先で、その黒くよごれた穴を二、三度つつく。

するとアワビは死ぬのである。

ここで、アワビの殻から、その肉塊をはずすのだが、貝柱の帯が強くて、容易のことでははずれない。

ドイツ製の貝の「肉はずし」がよろしいけれども、無かったら、ナイフでも、おろし金の握りのところでも、よろしいだろう。

さて、キモのところだけは、丁寧に、別の皿に移し、アワビの肉の本体に一摑みの粗塩をなるべくアワビのキモをつぶさないように、丁寧にはずす。

ぶちかけて、タワシでゴシゴシ、アワビのよごれを全部洗い落としてしまうのである。

夏の料理によく出る水貝は、このヨゴレを落とした貝を、即座に縦横に切って、冷たい氷の水の中に落としこむだけだ。

まさか、お正月に、水貝などと冷え冷えするような料理はできないから、これを酒蒸しにして、そのつど、切って、出せるご馳走をつくりたい。

冷凍のアワビを買ってきたら、冷蔵庫の中で解凍して、よく塩洗いし、ここで生アワビと同じ状態になるわけだ。

アワビが格別においしいのは、そのコハク酸によるのだそうだが、五島の福江島だったか、土地のオバさんは、冷たい氷水を張ったドンブリの中に綺麗に洗った生アワビを漬け、木槌で叩いて、その水を白濁させ、

「このアワビ汁が一番うまいんじゃ」

などと私をおどかしたが、いくらアワビの豊富なところだって、あんなバカな真似をするもんじゃない。

アワビは、生のアワビでも、冷凍のアワビでも、丁寧に洗い、これを丸ごとドンブリに入れて、ニンニクを一カケラ、ショウガを一カケラ、ネギの白いところをアワビの長さに一、二本切って載せ、僅かに塩をふりかけ、僅かに淡口醬油をたらし、その上から、酒をふりかけて、蒸し器にかけ、たんねんに三、四時間蒸し上げるのが一番よろしい。

ようやく、丁寧に蒸し上がったら、そのままさまして冷蔵庫に入れ、正月の皿に、一ひら、一ひら、菊の花片のようにたんねんに切ってならべて、食べる。しみじみおいしいものである。

モツも同様に蒸すのがよいが、蒸す時に、皿を別にしなければならぬ。

# 冬から春へ

## タイ茶漬

この頃めっきり口にすることがなくなったものに、タイの茶漬がある。

私の少年の頃は、博多あたりでは、正月から花見の頃にかけて、何かといえば、タイの茶漬が出され、ちょっとしたご馳走といえば、スキヤキか、タイの茶漬にきまっていたようなものだ。今日では新鮮なマダイなど、そう私達の口に入らなくなって、どこか高級料亭へでも直送されているのだろう。そうして、私達は、アフリカ沖合だの、ニュージーランド沖合だのの、スナッピー（現地のタイ）の冷凍モノか何かを、うやうやしく、拝まされている次第だろう。

だから、タイの茶漬など、この頃日本ではめったに食べたことがなくて、かえって、ニュージーランドに出かけた時など、フッと思い出しては、釣り上げたスナッピーでタイの茶漬をつくってみるといった有様である。

まあ、正月に余りもののタイの刺し身でもあったら、タイ茶漬の味を忘れないように、こっそりつくってみるのもよろしいし、無理にタイでなくったって、ヒラメだって、何だって、白身の魚の刺し身の余りがあったら、タイ茶漬の真似事をやらかしてみるとおいしいものだ。いやいや、冷凍モノのアジとかサバを、解凍直後に茶漬にしてみるのも、はなはだ乙なものである。

私の流儀は、至極簡単であって、こんな簡単な茶漬ぐらい、わざわざ習わなくって結構だといわれる方が嬉しいので、手早く、簡単で、素朴なもののおいしさを学ぶことを心がけたいものである。

まず、洗いゴマを煎る。匂いが立ち、はじきはじめた直後に、スリ鉢に取って、よくする。油がにじんでくるくらい、丁寧にすった方が、タイ茶漬にはよろしいようで、別に粗く揉むか、叩くかした叩きゴマを、茶漬の出来上がりにほんの少々散らすと、もっと風味がよくなるかも知れぬ。

つまり、丁寧にすったゴマは、タイの刺し身にからみつかせ、粗く揉んだゴマは、出来上がりの茶漬の上に薬味として散らすわけだ。

さて、スリ鉢に白ゴマを油がにじむぐらいよくすって、卵一個を割りこむ。そこへ生の醬油をブッかける。さあ、醬油とゴマの割合だが、醬油一合に、ゴマ二、三勺ぐらいのつもりでよいかも知れぬ。つまり、ゴマを醬油の二割か三割ぐらいのつもりで使ってみたらよい。このゴマ醬油の中にタイの刺し身をひたすのだが、魚肉の方に、あらかじめ、ほんの少量の酒をふりかけておくのがよい。

もう一度、順序正しく説明を繰り返してみよう。

魚肉はやや薄く、ソギ気味の刺し身にし、少量の酒をふりかけておく。その間に白ゴマを煎り、油がにじむぐらい丁寧にスリ鉢ですって、卵を割りこむ。ゴマの量の三倍ぐらいの生醬油をかけ、よくまぜる。このゴマ醬油の中に、魚肉の刺し身を投げ入れるわけだ。ゴマ醬油の中にひたす時間は適宜でよろしい。

さて、これを小皿に盛分け、粗く揉んだゴマと、ノリなどを、上からふりかける。食べる人は、ご飯の上に小皿の魚肉をのせ、ワサビを加えて、熱い茶をかけ、魚肉の半煮えの味を喜ぶ次第である。

## アンコウ鍋

そろそろ、魚屋の店先にアンコウが出まわってくる時期である。アンコウ鍋といったら、水戸が本場であって、アンコウそのものは日本海沿岸の各地にもひろく見かけるが、水戸のアンコウ鍋ほどの、すばらしい料理の完成を見せていない。

まったく、水戸のアンコウ料理は、日本の庶民料理の傑作のひとつだといっても、けっしていい過ぎではないだろう。

あのグロで、珍妙な怪魚が、あきのこない、素敵な鍋物のサカナに変わるのだから、人間の食べる知恵の働きに、驚き入るのである。

ほんとうなら、アンコウは築地の魚河岸あたりで、丸ごと一尾買いなさいといってみたいところである。そのアンコウを、庭の木にでもつるして、アンコウのつるし切りをやってみたら、あんなに愉快なことはない。アンコウはグニャグニャしていて、マナ板の上に乗りにくいけれども、つるし切りにすると、そのアンコウの豊富な水分が幸いして、痛快なほどよく切れる。ことさらアンコウは、口の歯のあたりをのぞくほかは、俗に、アンコウの七つ道具といって、皮でも、モツでも、ことごとく棄てるところがないから、ズバリズバリと切って、切りまくれば、それでよろしい。

ゴルフだの、スキーだのやるよりは、よっぽど面白いスポーツだから、私などアンコウのつるし切りをやって、大いに気を晴らすならわしだ。

しかし、奥様方誰もにアンコウを一尾買ってきて、つるし切りをやりなさいとすすめるわけにもゆかぬ。築地の魚河岸まで出かけることも大変だし、一尾買ってきたら、どんなに小さなアンコウだって、三、四人の家庭では量が多過ぎよう。

そこで仕方がない。魚屋の店先でアンコウを六〇〇グラムとか、せいぜい一キロとか買ってくるわけだ。なるべくキモが多く、皮や、鰭《ひれ》のようなところが多い方がおいしいので、白身ばかりだと、せいぜいみそ汁ぐらいにしかならぬ。

キモの量が多かったら、あらかじめ塩をして、蒸したり、煮たりしておいて、堅くしまらせておくのがよろしいけれど、どうせ、五、六〇〇グラムのアンコウ買いでは、雀の涙ほどのキモしか、つけてくれやしない。

さて、アンコウ鍋によく合う野菜類は、ワケギ、ネギ、ササガキゴボウ、タケノコ、シイタケ、何でもよろしいが、ことさら、ウドや、ミツバや、ギンナンなどが、よろしいようだ。ウドを短冊に切っておいて、酢水にひたし、アクを抜いておこう。

そのほか、豆腐、シラタキの類は、どうしても欠かすことができぬ。そこで、スキヤキ鍋か何か、適当な鍋に水を張り、コンブを入れて、ガスに点火し、ダシを取る。次に淡口醬油を注ぎ入れ、お吸物より、幾分濃目の味加減にした挙句、酒だの、みりんだのを、自分の好みの量だけ加えよう。

左様、アンコウ鍋は、多少、甘味が加わっても、まずくなかろうから、どうしても砂糖を入れたい人は、砂糖を足しても構わない。

アンコウの肉片は、一度熱湯をくぐらせて、霜ふりにしておこう。

みんな、鍋の周囲に集まって、アンコウや、野菜や、豆腐をグツグツ煮ながら食べてゆくと、アンコウの肉片や、皮や、軟骨や、モツや、キモの味わいが、周囲の野菜とからみ合って、あんなに仕合わせな鍋料理はないものだ。

## 羊の肉のシャブシャブ

この頃、成吉思汗鍋《ジンギスカン》の大バヤリである。

成吉思汗鍋というのは、羊の肉だの、タマネギだの、ピーマンだのを、鉄の網や鍋で焼いて、それに適当のタレかツユをつけながら食べるのだから、まあ、アメリカの「バーベキュー」、中国の「烤羊肉《カオヤンロウ》」、朝鮮の「プルコキ」の集大成（集小成？）されたものだと思ってよいだろう。

これからしばらく、成吉思汗鍋の源流の方をたどりながら、さまざまの肉鍋を研究してみよう。

まずまあ、成吉思汗鍋の直接の本家の方は中国だろう。中国の「涮羊肉《サオヤンロウ》」が日本流になまって、シャブシャブになり、「烤羊肉」が日本流になまって成吉思汗鍋になったと考えてもさしつかえない。

さて、その中国の「涮羊肉」や「烤羊肉」はどこから伝わったものか、といえばおそらく、シルク・ロードの少数民族の羊肉の食べ方を、中国流に集大成したものといえるだろう。

蒙古のあたりに出かけていって、たとえば「ハサック」のゲル（テント、包）の中をのぞき込んでみ給え。

テントのまん中に大鍋がかけてあり、この鍋の中に、羊が巨大な塊のまま、グツグツと煮られているのを見るだろう。

煮えあがった羊を、皿に取り、塩とニンニクとターナと呼ぶ薬草をまぶしながら食べるのが正真正銘の成吉思汗鍋だろう。

しかし、羊を骨付きのまま、大きな塊で丸煮をするなどというのは、壮大ではあるが、都会向きじゃないから、中国人は、これを改良して「火鍋子《ホーコーズ》」の中で煮る鍋料理に変えた。それが「涮羊肉」である。

「火鍋子」というのは、まん中に煙突のついている鍋で、木炭を入れて鍋物をつくるのに重宝するから、是非ひとつ備えつけていただきたいものだ。朝鮮の「神仙炉《シンセンロ》」という料理もこの「火鍋子」でつくる。

こないだデパートを廻ったら、「火鍋子」は瓦斯用のものでも何でも、豊富に出揃っているようだ。

そこで「火鍋子」を用意して、檀流の羊のシャブシャブをつくってもらうことにするが、「火鍋子」がないから、やめたなどとおっしゃるな。なかったらスキヤキ鍋でも、土鍋でも結構なのである。

さて中国の「涮羊肉」のタレ乃至ツユは、醬油と酢とゴマ油が中心であって、これに好みのままの薬味をゴマンと入れる。ニンニクの細い若芽のすりつぶしたものだの、クルミの薬味だの、薬味だけでも十皿の余りを越える。

私は至極カンタンな檀流調合タレを公開しよう。

まずゴマや、クルミや、落花生の実をスリ鉢で丁寧にする。そこへニンニク、ショウガをおろし込み、今度はリンゴ一個をおろし込み、タップリと醬油を入れ、お酒を適宜……。この中に、好みではタバスコだの、トウガラシ油だのをまぜ合わせ、しばらく火にかけて煮つめた挙句、ゴマ油を思い切って入れる。これがタレの元だ。

ほかに、モミジおろしと薬味のネギをつくり、取り皿に、さっきのタレを中心にモミジおろしと、薬味のネギを加え、酢醬油をたらす。

さて、火鍋子にスープ（または水）を張り、羊肉のシャブシャブをつくりながら、取り皿にとって食べれば、これが「涮羊肉」である。

火鍋子の中には、ハクサイだの、タケノコだの、ネギだの、生シイタケだの、豆腐だの、ハルサメだの、好みのタネを加えて、鍋を豊かにするのがよいだろう。

## ジンギスカン鍋

この前は「羊肉シャブシャブ」の秘法を公開しておいたが、どんなものだったろう。

ほんとうは、羊の肉を冷凍の塊のまま一キロばかり買ってきて、これを冷蔵庫の中で解凍し、解けてしまう寸前に、肉の各部分をほぐすのがよい。

というのは、羊肉の冷凍モノは、肉の各部分をくっつけ合わせて圧縮冷凍してあるから、これをボンソー（機械鋸）で一様に切ってしまうと、脂が多過ぎたり、肉の筋目に直角に切れなかったり、噛み切れないほど堅い筋のところがくっついていたり、感心できにくい。

そこで、冷蔵庫の中でゆっくり解凍した挙句、肉の各部分をほぐしわけ、きたないアブラの部分や、筋はなるべく、のぞき去り、肉の塊を、たんねんに、筋目に直角に切り揃えてゆくと、おいしさが、格段と違ってくる。

「シャブシャブ」の場合だけではない。例の成吉思汗鍋と称する、「烤羊肉《カオヤンロウ》」の真似事でも、「朝鮮風の焼肉」の場合でも、ちょっと手を加えると、それだけ、おいしくなることは受合いである。

羊肉は、ステーキにしたら牛には及ばないかも知れないけれども、中国風の「火鍋子」でシャブシャブにし、さまざまのタレと、日本のチリ鍋風の薬味を合成すると、いくらでも食べられる。安くておいしい肉である。

ただ、上質のゴマ油を、絶対に調味に欠かさないようにするのが肝腎である。

中国だって、朝鮮だって、肉を食べる時にはゴマ油は欠かせないが、ことさら、羊肉の料理のタレには、ゴマ油を多用する方がずっと、おいしい。

さて、今回は焼いて食べる羊肉の方を研究してみよう。

中ソ国境の近くにウイグル族という少数民族がいて、このウイグルは、羊の肉を焼いて食べる。太いロストルのような鉄弓の上で羊肉片を焼き、ニンニクと、塩と、ペトルーシカという香草をきざんで、まぶしつけて食べる。

この流儀も、シルクロード全般にひろがっていて、例の剣に刺して炙り焼くシャシュリークがそうである。アルメニアの界隈では、大きな剣で炙り焼いた肉塊を、ニンニクと、塩と、ペトルーシカやウクローブや、ラーハンと呼ぶ香草と一緒に食べる。

中国の「烤羊肉」は太いロストルの上で、薪を燃やしながら羊肉を炙り焼き、芫茜《ユアンシー》（ペトルーシカと同一）という香草をまぶしながら、例の千変万化の薬味の類をタレの中に調合しながら、焼き上った羊肉を食べる。

日本の家庭でなら、やっぱり成吉思汗鍋とか、義経鍋とか、朝鮮鍋とかいってデパートで市販しているものを、どれか一つ用意しておくがよいだろう。

私は「義経鍋」というのが、「烤羊肉」と「涮羊肉」の両道に使えるばかりか、ソウルの焼肉屋で食べたようにスープにひたしひたし食べられるから、愛用している。

鍋など金網だって、スキヤキ鍋だってよろしい。

羊の肉を焼き、先回公開しておいたタレと一緒に、モミジおろし、ネギの薬味など日本チリの薬味の類も加味しながら、酢、醤油、ゴマ油などをふりかけふりかけ、食べるのがおいしい。

そのつけ合わせには、タマネギだの、ピーマンだの、モヤシだのを一緒に焼くのがよろしかろう。

## 朝鮮風焼肉（朝鮮料理1）

朝鮮風の焼肉を手はじめに、二、三回、韓国料理の研究をこころみてみることにしよう。朝鮮料理などと、バカにしている人達は、韓国人が、実に、さまざまの肉の素材を、充分に完全に、食べることに、驚かされるはずだ。安くて、おいしくて、味わいの深い料理である。俗にハモニカといって、肋骨の骨付バラ肉をあぶって食べる「カルビクイ」や、また煮込む「カルビチム」の味……。肉の赤い部分と、白い部分（主として内臓だが）をたくみに取りまぜながら、食べる「プルコキ」の味……。正直な話、私の家でも十日に一度は、さまざまの肉や内臓を朝鮮風に煮たり、焼いたり、「ミノ」だの、「センマイ」だの、「タン」だの、「レバー」だの、「ハツ」だの、を子供達も大喜びで満喫するならわしだ。その肉類に添える、一番単純な三色の野菜……。つまり、ゼンマイ、モヤシ、ホウレンソウなどのナムルが、また肉類の口なおしに、きわめて単純だが、よく合う。

しかし、朝鮮料理を単純だなどとバカにされては困る。ついこないだも、私はソウルや慶州のあたりの料亭を食べ歩いたが、例えば山菜などというものは、韓国人の方が、よほど上手な食べ方を知っている。

その証拠に、といったらおかしいかも知れないが、三十年も昔、私が長春の郊外をうろついていたところ、その原野に新芽をふき出した所謂、山菜の類をたんねんに摘みとっているのは、きまって朝鮮の少女達であった。

むしろ日本人など、山菜については、きわめて鈍感だとしか思いようがない結論に達したものだ。

さて、さまざまの焼肉の朝鮮風醍醐味は、ゆっくり回を追って説明することにして、今回は一番手っ取り早く、所謂、羊の成吉思汗鍋は、朝鮮風にやると、どうなるか、というところでやってみよう。

まず白い洗いゴマを一袋、丁寧に煎る。そのゴマを切りゴマにするか、叩きゴマにするか、乃至は、スリ鉢の中で、半分ぐらいの荒ズリにする。

そのゴマをドンブリの中に入れ、淡口醬油をコップ三分の一ぐらい入れる。普通の醬油でもよろしいが、少し色がつき過ぎるからその時は塩を入れて、酒でのばせばよい。淡口醬油の場合も、もちろん、倍ぐらいのお酒で割っておく方がおいしい。

さて、ニンニクと、ワケギ（普通のネギでも勿論構いません）をタタキつぶしながら、一緒に切りきざんでゆく。ニンニクとネギを、なるべくベトベトにしながら、小口切りにするわけだ。

このニンニク、ネギを、ゴマ醬油の中に入れる。この液の中に、ペパーをふり込み、トウガラシを入れるわけだが、手っ取り早く、タバスコを二、三滴たらし込むのも悪くない。最後に上質のゴマ油を、小匙二杯ぐらい入れてよくかきまわして貰いたい。

この液の中に羊肉をひたし込んで、一、二時間漬けた挙句、食卓の上で網焼にしたり、成吉思汗鍋で、焼いてみたりするわけだ。

## 牛豚のモツ焼（朝鮮料理2）

さまざまの肉片を、朝鮮流に、焼いて食べるのは、大変楽しいことだ。

濛々と煙を立てながら、網で焼いてよろしく、成吉思汗鍋で炙ってよろしく、その肉も一〇〇グラム二百円だの、三百円だの、バカ高い肉を使うより、一〇〇グラム百円前後の牛肉だの、牛のタン（舌）だの、ハツ（心臓）だの、ミノ（胃袋）だの、センマイ（胃の付属物）だの、豚のタンだの、ハツだの、ガツ（胃袋）だの、レバーだの、マメ（腎臓）だの、子袋だのを、焼いて食べると、何となしに、野蛮な飲食の快味がひろがって、人間に生まれた仕合わせがつくづくと感じられるから、嬉しいではないか。

そこで、その根本になるタレのつくり方を覚えよう。

まずゴマが要る。丁寧に煎って、これを叩きゴマなり、スリゴマなりに、半つぶしにつぶして、ドンブリの中に用意しておく。

次にネギ（またはワケギ）とニンニクをまぜ合わせて、よくつぶし切りにする。叩いたり切ったり、ネバリが出るくらいやっておくがよいだろう。

ほかにピーマンでもあったら、ピーマンも芯を抜いて小口切りにして一緒にする。これをまた一まとめにドンブリの中に入れておくがよい。

さて、このほかに必要なものは、トウガラシと、お酒少々と醬油と、上等のゴマ油だ。

用意の肉を、皿かドンブリに入れ、ゴマをふりかけ、ニンニクネギを散らし、トウガラシの種を抜いて小口切りにしたものを入れ、そこへ醬油と、少量の酒と、ゴマ油を大匙二、三杯ふりかけて、よくかきまぜると、これで準備は終わりである。

ただ、赤い肉片の方には、普通の醬油を使い、白い肉片（ミノとか、子袋とか）には、塩と淡口醬油を使った方が、色が美しい。

また、少しこるなら、モロミとか、中国の「芝麻《シマ》辣醬《ラージャン》」を入れる方がやや複雑な味になる。

私はといえば、タバスコを四、五滴たらし込んで、

「どうだ？　うまいだろう？」とすましておく。

ところで、砂糖だが、スキヤキに馴れた人達は、赤肉に限り、少量の砂糖を入れるのもよろしいだろうが、タンや子袋のような白いものには、砂糖の乱用はつつしんだ方がよい。

牛タンや、豚のタンは、そのまま小口切りに切っていって、例のタレの中にひたしてよろしいが、例えば、レバーのようなものは十分ばかり水にさらして、血抜きをしてから、タレの中に漬け込む。またモツ類を洗うのには一般には塩と酢にオカラを加えて揉み洗うと、臭いが少なくなる。

ことさら、マメの時には、二つに割って、白い脂のようなところをこそぎとった挙句、よくよく水洗いして、タレの中に漬け込まなくては臭いが抜けない。タレに漬け込む時間は一、二時間が適当だと思うが、時々まぜ合わせて、よくタレが肉片にしみるようにするがよい。

さて、ツケ汁の方だが、ゴマとゴマ油を合わせ、つぶしたニンニクをきざみ入れ、醬油に酢をたらしこんで、例のタバスコを入れてみるのがおもしろい。あとは、濛々と、炙って、焼いて、食べるだけである。

## ナムル（朝鮮料理3）

朝鮮では、冬期の野菜がとぼしいし、それに牛豚の肉や内臓を過食するから、そのとぼしい野菜の調理に熱心である。

日本人も、もちろん、野菜を色どり美しく、また、清潔にあんばいすることに、きわめてたくみな国民であるけれど、ひょっとしたら、山菜などに対する関心や、執心は、朝鮮人のほうが強いかもしれない、と書いたことがある。

去年の春、韓国に出かけたときにも、何の山菜であったか、おひたしの透明な色の美しさと、おいしさに、びっくりしたことがある。

さて、今回は、朝鮮料理の食堂などで見かける三色の野菜をつくる稽古をしてみよう。

「ナムル」と呼んでいるものだ。

朝鮮風に、肉や内臓を焼いて食べるなら、また朝鮮風に「ナムル」をつくって野菜の補給をしなかったら、片手落ちだろう。

普通、たいていの朝鮮食堂で見かけるように、ゼンマイとホウレンソウとモヤシ（アズキのもの、ダイズのもの）の三色の「ナムル」である。

これもまた、ゴマと、ゴマ油と、ネギとニンニク、トウガラシ、それに塩、醬油、もしあればモロミぐらいの調味料で、おいしい朝鮮風のお惣菜ができる。

ネギとニンニクは、例の通り、庖丁の平でトントンたたいてから細かにみじん切りにしよう。

ゴマは、切りゴマであれ、叩きゴマであれ、スリゴマであれ、半つぶしぐらいがよいだろう。

モヤシを二、三分塩ゆでにして、水を切る。人によっては、モヤシをそのまま、から煎りにする人もあり、中国風に少量の油を熱しその中に塩を入れ、モヤシをいためる人もある。が、一度塩ゆでにしたほうが、日本人の口にあうだろう。

ホウレンソウもまったく同様にゆでてあげてよいが、少量の灰汁を加えたほうが色どりはあざやかだ。ホウレンソウの場合、そろえて小口切りにするときに、日本のおひたしをつくるときより、やや短めに切ったほうがよいだろう。

モヤシとホウレンソウを別々のドンブリに入れ、まず、ゴマを思い切りたくさん入れる。

つづいて、ニンニクとネギのみじん切り……。トウガラシは自分の好みのままでよい。

さて、ここからモヤシとホウレンソウの味つけをちょっとばかり変えて味を整えるほうが、おいしくもあり、変化もあるので、わざわざ、この項を書き加えるのだが、モヤシにはわずかな酢をたらし、塩を入れ、醬油も淡口醬油にしたほうが、色どりを白くしたてあげられるばかりか、おいしいから不思議である。

ホウレンソウのほうは、多少の砂糖を加えてもよく、醬油は普通の色の濃い醬油を用いたほうが、よろしいようだ。酢はいらぬし、モロミも幾分、モヤシより多めに入れるほうがおいしく思われる。

最後に、モヤシにもホウレンソウにも、上質のゴマ油を入れて、丁寧に、繰り返し、繰り返し、まぜ合わせるのが肝要だ。

## 野菜料理三種（朝鮮料理4）

先回はモヤシやホウレンソウの「ナムル」をやってみたが、もちろん、アズキモヤシよりも、ダイズモヤシの方が濃厚な味付を必要とするので、ゴマも、ゴマ油も、ニンニクも、ネギも、トウガラシも、コショウも、モロミも、塩も、淡口醬油も、いくらか、多い目に調理するのがよいだろう。

いや、場合によっては牛肉の細かにきざみ叩いた挽肉を、油イタメして、その上にダイズモヤシを加えるのもよい。

さて、今回はゼンマイの「ナムル」。即ち「コビナムル」をつくってみよう。

よくもどしたゼンマイを、しばらく熱湯で煮て、その臭みを取り、なお一層軟かくもどす。水洗いを充分にした上で、根ッ子のあたりの堅い部分を切り棄てのぞき去り、適当の大きさに切り揃えておこう。

牛の挽肉を少しばかり、ニンニクと一緒に庖丁でよく叩き、よくきざみ、中華鍋に大匙二、三杯の油を敷いて、強火でいためる。そこへ今度はゼンマイをほうりこんで、充分いため終わった頃、適宜の酒をふりかける。つづいて、砂糖、醬油を入れるのだが、ゼンマイに関する限り、やっぱり多少の砂糖の甘味がほしいものだ。醬油はゼンマイの色をよくするために、淡口醬油ではない通常の醬油を使った方がよいだろう。

充分味がしみるまで、静かに煮る。

さて、煮上がりに近い頃、トウガラシを好みのままに入れ、更にスリゴマ、きざみネギ、ペパーを振りかけ、最後に上質のゴマ油をたらし込んで、よくまぜ合わせながら火をとめる。これで出来上がりだ。羊の肉でも、牛豚のタン、ハツでも、朝鮮風に焼いて大いに食べる時に、せめて、このゼンマイ、ホウレンソウ、モヤシの三色のナムルぐらいは添えたいものである。

ところで、朝鮮人は、山菜を処理することが大変上手だと言った。澄んで、透明な液の中に浮べた上手なオヒタシをつくるのである。

そこで一つ、真似事の、透明なオヒタシをミツバでつくってみよう。

もし根ミツバでもあれば、その根の方は、朝鮮のキキョウのナムルの真似事だってできるではないか。ミツバをよく洗い、切り揃えて、やや深目の皿の中にならべておこう。別に鍋の中に、種子を抜いたトウガラシ、ニンニクを入れた塩水（ややカラ目）を沸騰させ、ニンニクの味がついたと思う頃、皿のミツバの上にそっとかける。

すかさず、酢をたらし込み、ゴマ油をたらす。ミツバの温度を下げてその色や型を崩さないためだが、それでも時間が経てば、いつのまにか変色するから、なるべく、食べる時間につくる。

ニンニクやトウガラシを煮出す面倒をはぶきたかったら、塩湯をぶっかけて、そこへタバスコを二、三滴たらす簡便法がよいだろう。きざみゴマや、コショウは好みのままでよい。

ついでに、朝鮮風のニラ卵をつくってみよう。フライパンに少し多目のサラダ油を敷き、塩を入れ、強火で一瞬、ニラをいためる。ニラがシンナリなりかかったと思う頃、卵を二、三個、よくかきまぜながら流し込み、半熟よりやや煮え加減で火をとめる。焼き過ぎないのがコツだ。

このニラ卵をアミのシオカラで食べるところが朝鮮風であり、素敵なお惣菜だから、馴れるまで二、三度つくってみるがよい。ニラも卵も焼き過ぎないのと、味をうすくするのがコツである。

## 朝鮮雑炊・心平ガユ（朝鮮料理5）

むかし、朝鮮の町々を歩いていると、酒幕（宿屋）だか、食堂だか知らないが、家の一隅に、巨大な鍋がおかれてあり、いや、鍋というよりも、石油罐だかドラム罐だかが据えられていて、そこの中に、牛の頭だとか、アバラ骨だとか、足だとか、胃袋だとか、腸だとかが、浮かんだり沈んだりしながら、グツグツと煮えていたものだ。

きっと今だって、そうだろう。

日本人はコンブとカツブシを使って、一瞬に清潔なスープを仕立て上げることに妙を得ているが、獣類の、各部分を使って、悠長なスープをたき込むことを知らない。

獣類を捕獲、摂取することが少なかったせいだろう。

しかし、もう、世間なみの食品に馴れてきたのであるから、牛骨だの、豚骨だの、その胃袋だの、腸だのを使って、スープを煮込んでみることぐらい、やってみるがよい。

毎日、たんねんにトロ火で煮ていれば、一週間でも、十日でも、腐るものではなくて、インスタントのスープより、はるかにおいしくて、実のあるスープがたのしめるのである。

例えばコゲメシの余りが残っている。

これはしめたもので、わざわざコゲメシをつくって、雑炊に炊きこむ人もあるぐらいのものだから、一つ朝鮮風の雑炊をつくってみよう。

例の通り、牛豚のタン、ハツ、胃袋、腸、何でもよろしい。ただ、塩、酢、オカラ等でたんねんに揉み洗い、各部分を一度、臭気抜きのつもりで、二、三十分でも煮こぼしてから、大鍋に入れる方がよろしかろう。ニンニクとショウガとネギを加えて、塩味をし、たっぷりの水を入れて、二時間でも三時間でも、トロ火で煮る。

たんねんに、アクや脂をすくっておき、さて、別の小鍋に必要なだけのスープを取る。

味加減はどうだろう。塩を加減してみて、少量の淡口醬油をたらし、例のコゲメシを入れて、短冊に切ったダイコンをまぜる。ダイコンが煮え、コゲメシがほどよくほどけたころ、大量のモヤシをほうり込み、食べてみたいと思う、タンだの、ハツだの、胃袋だの、腸だのを元の大鍋から取り出して、小口切りにし、雑炊の中に入れる。

ほどよく、みんな煮上がった時期を見はからって、せん切りのネギを加え、ペパーをふり、ゴマ油をたらし込んで、よくかきまぜる。

大変においしい雑炊が出来上がること受け合いであり、わが家の子供達なぞ、日本流のみそ雑炊より、よっぽどこの方が好きである。

つまり、長時間たき込んでおいた内臓と、スープがあれば、それを小鍋にすくいとって、ダイコンでも、ニンジンでも、ハクサイでも、ニラでも、加えながら、一瞬のうちに朝鮮風の雑炊が出来上がるわけである。

大量のモヤシを加えるのが一番よろしく、ゴマ油だけは、上質のものを使いたい。

ついでのことだから、草野心平氏流のゴマ油粥《かゆ》を指南しておこう。コップ一杯のお米を大鍋の中に入れる。洗うことも何もない。ただコップ一杯の米である。次にコップ一杯のゴマ油を入れる。続いてコップ十五杯の水をくわえる。そのまま、二時間ばかりトロ火で炊きあげて、ほんの少々の塩味を加えれば、これまた、おいしい心平ガユになること受け合いだ。心平ガユではあるが、出来そこないの心配（しんぺえ）はけっしてない。

## 豚の足と耳

日本人は大変清潔で美しい色どりの料理をつくったり、食べたりすることに、妙を得ているが、その潔癖の余り、鳥獣肉の、ヒレ肉だとか、ロースだとか、ラムプだとかはよく食べるが、肝腎（形容ではない）のところを棄てたがり、舌だの、足だの、シッポだのになると、これを恐れおののく風がある。

万が一、子供が食べようとする気配でもあると、そのママは眉をしかめて、悪逆道に落ちこんだ餓鬼を叱るようにののしるのである。

これでは、おいしいものをみすみす棄てて、栄養の豊富で消化のよろしい部分を、その子供の人生から封じてしまうことになる。悪食とか、美食とかあるものか……。

牛豚のロースが善で、その舌が悪だなどと何を血迷ったらいえることだろう。

だから、私は大いに、肝腎のところを食べる工夫について語ってきたはずだ。朝鮮料理も、その肝腎のところを、大変上手に食べることに妙を得ているから、前回まで、朝鮮料理を語ってきたが、今回は、豚の足と耳の料理をやってみよう。

日本では豚の足などおそれおののくが、中国では妊産婦や、産後の婦人が、乳の出がよろしいからというので、ダイコンと豚の足の煮込みを大いに喜ぶのである。

またフランスには、有名なビストロ（食堂）でピエ・ド・コション（豚の足）という店があり、映画見物の帰り道など、ご婦人も、豚の足を召しあがるし、たしかドーデは、「豚の足はクリの匂いがする」とか何とか書いて、喜んでいたようだ。

さて、豚の足や、豚の耳を買ってきて、まだ毛がくっついているものだったら、剃刀を使って丁寧にその毛を剃りおとす。残った毛は軽く焼いて取り除くがよいだろう。

その豚の足や、耳を、丸ごと、塩と酢でよく揉み洗う。それでも気がすまない人は洗剤でも使って洗うがよろしかろうが、私は、塩と酢とオカラを使って、たんねんに揉み洗う。

豚の足も豚の耳も、私は一度下煮することにしているのは、その脂肪が余りに強すぎるからだ。脂っこいのが嫌いな人は何遍も下煮して、その脂っこさを棄てるがよい。

普通三、四十分も水で煮て、その水をこぼせばよいが、豚の耳の方は、煮え過ぎるから二、三十分でユデこぼす。

　ここで、豚の足の中国風の方は、縦半分にまっ二つに割ることにしよう。お吸物より濃い目の味のつもりで醬油を入れ、ニンニク、ショウガ、ネギを入れ、八角粒（大ウイキョウ）を一かけらか、五香をほんの僅か入れて、コトコトと静かに三、四十分煮る。味がしみ、豚足が箸で自由に裂けるようになった頃、ゴマ油を二、三滴たらして出来上がりだ。

　豚の耳もユデこぼした後に同様に味をつけて煮てもよろしいが、味をつけないで煮るのも面白い。つまり、味無しで煮上がった豚の耳をせん切りにして、酢醬油で食べる。この時も酢醬油に、ゴマ油を一たらしするのが、おいしくするコツだ。

　フランス風は、一度ユデこぼした豚の足を、もう一ぺん丁寧に水煮する。この時、タマネギ、ニンジン、ニンニク、クローブ、月桂樹の葉等のブーケ（束ねたもの）を入れ、といたメリケン粉を流し込んでコトコト煮ると、白く仕上がる。

## 麻婆豆腐

　今日は一つ変った豆腐の料理をやってみよう。

中国の四川省から伝わった辛いトウガラシの豆腐料理である。その名前を「麻婆豆腐《マーボートウフ》」というけれども、麻婆とは、ソバカスだか、ジャンカ（天然痘のあとのアバタ）だか、のできたお婆さんのことをいうのだろう。

麻疹というのは、もともと、ハシカとか、黒豆痘とか、天然痘なんかのことをいうのだから、ジャンカ婆さんとでもいうのか、アバタ婆アとでもいうのか……。とに角、変った料理の名前である。

挽肉や花椒（ホアショ＝山椒の実の殻）で、アバタの模様になるからだろう。

ところで、私は中国の本当の流儀ばかりではやらない。パプリカとか、カエンヌとかを大いに駆使して、色あざやかに、洋風に仕立て上げてみるのである。そこで、その秘伝をお教えするのだから、邪道だなどといわれては困る。近代の味覚に合わせ、麻婆豆腐を拡大改良したものだと思っていただきたい。

まず、豆腐二丁は、厚みを二枚にそいで、マナ板の間にはさむ。マナ板を多少傾けておいた方がマナ板の重しで水気が切れてよいだろう。

さて、その間に、秘密の油を調合しておこう。ラードを使うなら、ラードを弱火でとき（サラダ油とかゴマ油とかなら、そのままでよろしいが）油の中にパプリカの赤を大量に振り込んでおくのである。すると、鮮やかな色と匂いが加わるはずだ。そこへ、タバスコを二、三滴おとして、とろ火にかけ、むらなく静かにかきまわすがよい。

この油に、できたら、モロミ（甘くないもの）だとか、豆鼓（トウコ＝モロミの乾燥したような豆粒大のもの）だとか、カニ漬だとか、腐乳（フニュウ＝豆腐を腐らせたもの）だとか、何でもよろしい、有りあわせのアンチョビーの類をちょっと加えた方が味が複雑になる。この時一緒に、淡口醤油で味つけもすましておく。

別に豚の挽肉少々（一〇〇〜一五〇グラム）を用意して、ニンニク一片を丁寧にみじん切りにしながら、肉とまぜ合わせてたたく。この挽肉にたっぷり酒をしみつかせておくがよい。

さて、用意しておいた油を熱し、ニンニクと豚の挽肉をまずいためる。豚肉が変色したら、トウガラシの種子を抜いて小口切りにしたものを、自分の好みに合った辛さだけ入れる。

次に、水どきしたカタクリ粉少々を放り込んで、全体に弱いとろみをつけ、先刻マナ板で水気を切っておいた豆腐を二センチ角ぐらいのサイの目に切って、一挙にほうり込んで、よくまぜ合わせる。手早くまぜ合わせて、むらなく全体の豆腐に味をしみつかせるのが大切だ。

さて、出来上がりに近い頃、山椒の実の殻（花椒）を指先でもんで、ちらし、数滴のゴマ油をたらしこんで、ひとまぜしたら出来上がりである。

もちろん、黒い山椒の実を荒くつぶして加えてもよろしいが、少しくど過ぎるから、実のまわりの殻をもみほぐしながら入れる方がよい。

## 杏仁豆腐

むかし、私が子供の頃、ノドを悪くすると、お医者さんが、きまって、何か気の遠くなるような、不思議な匂いのする飲み薬をくれたものだ。

なつかしい匂いである。

それが杏仁水であった。

杏仁というのはアンズの種であって（ハタンキョウかも知れぬ）むかしからノド薬に使っていたし、匂いがよいから中国でも、欧米でも、好んで、お菓子やデザートの材料や香料にする。

中国の「杏仁霜」（アンズの種子の粉末）がそうだし、アーモンド・エッセンスは杏仁の匂いをエッセンスにしたものだ。

そこで、その杏仁の匂いなつかしい、「杏仁豆腐《キョーニントウフ》」をつくってみることにしよう。

「杏仁豆腐」というのは、アンズの種子の粉末を、牛乳や寒天で固めたものであるが、杏仁を買ってきて、それを家庭でキメの細かな粉末にすることがむずかしい。

まして中国で売っている「杏仁霜」をいちいち手に入れることは大変だ。

そこでアーモンド・エッセンスを使って、杏仁の匂いをきかせた寒天牛乳をつくるのだが、王馬先生ほどの大家でも、やっぱりアーモンド・エッセンスを使って、手っ取り早く、杏仁豆腐をつくっていらっしゃるのだから、みなさんも、安心して、私の処方に従っていただくがよいだろう。

材料は、牛乳二、三本。粉末寒天。あとは砂糖と季節の果物や、果物の罐詰があればよい。

そうして、肝腎のアーモンド・エッセンスは、どこのデパートだって売っているはずだ。

また、少しばかり練習が積んだならコーン・スターチを加えると、口当たりがよくなるものだ。

さて、粉寒天一袋は、その処方に従って、牛乳二本なら二本、牛乳二本半なら二本半使いながら、よくときまぜてから弱火にかける。

この時、好みの量の砂糖を入れるけれども、砂糖の分だけ牛乳をへらす心持にならないと、寒天が固まりにくくなるから、用心が肝要だ。

しかし、二、三遍失敗してみないと、ここの調子はわからない。はじめに少量の水で寒天をといて、火にかけ、牛乳を二、三本加え、砂糖を加える。それでよろしいのだけれども固まり方が砂糖の量や、夏冬の寒暑によって微妙に変化するから、大いに研究してほしい。私など十遍ぐらいは失敗した。

失敗したって、温めてとき直せば、やり直しがきくんだから、本当は、はじめに五通りぐらいつくって研究してみるのがよいのである。

この時に、コーン・スターチを茶匙一杯ぐらい加えると、舌ざわりが、まことによろしくなるけれども、固まりの判断が、むずかしくなる。セッカチ・ママはコーン・スターチなど使わぬ方がよいだろう。

寒天牛乳はよくかきまぜて、沸騰したら、とめる。とめたところで、アーモンド・エッセンスを一、二滴たらしこみ、あとは、バットかボールの中にでも流し込んで、冷蔵庫で冷やすだけだ。寒天牛乳の厚さは二、三センチどまりにするのがよいだろう。

ほかに、砂糖湯をよくさましておいて、杏仁豆腐が固まったら、縦横十文字思うさまに切り、その砂糖水の中に流し込めば出来上がりだ。

この中に、パイナップルの罐詰でも、ミカンの罐詰でも、いやいや、生のミカン、イチゴ、バナナ等何でも季節の果物を、色どり美しく入れれば、上等のデザートになるだろう。

## 焼餅

異国の……、旅先の……、小さい飲食店で、その店売出しのお菓子だの、料理だのを、つつきながら、ぼんやりとその料理のつくり方に見とれているのは、楽しいことです。

殊更、中国の田舎の町々では、例えば蓮子湯《レンズタン》（ハスの実のお汁粉）をつくるのにも、その全部の経過を、店先でやっていて、しばらく見守っていれば、そのつくり方の全貌がよくわかる。

今回は「焼餅（シャオピン）」をつくってみるが、これもまた、私が、中国の町々をうろついていた時に、そのつくり方を見おぼえた、愉快な、思い出深い、食べ物である。

「焼餅」は北支の石門の町を歩いていた時に、空襲になったから、一軒の店の中に退避して、やがて、その店でつくりはじめられた「焼餅」のつくり方の面白さに、一日中見とれていたものだ。日本に帰り、オフクロと二人でつくってみたら、造作もなく同じ味のものが出来上がるし、終戦直後、何一つ、菓子らしいようなものが無かった時に、これをつくっては、食べた。

子供のオヤツによろしいいし、ビールのおつまみにもなる。前口上が長過ぎたが、むずかしい料理でも何でもない。誰でもできる簡単な食べ物である。

まず小麦粉に、水を加えながら、丁度うどんをつくる時ぐらいのつもりでこね合わせる。小麦粉は強力粉がよろしいいと思うのだが、うどんを練ったこともないという人達は、どうぞ、一生に一度ぐらい、自分で手づくりのうどんをつくり、そのついでに「焼餅」も焼いてみるがよい。

小麦粉を、水を加えながら、こね合わせて、丁度自分の耳タブの手ざわりぐらいに、練るのである。麺棒をつかって、ひろげてみたり、のばしてみたり、旦那様が帰って来ない間の鬱さばらしに、半日、小麦粉をこねまわしてみるのも愉快ではないか。もしかすると、その意味で「焼き餅」という名がついたのかもわからない。

ここで、ほんの僅かの、お砂糖と、塩を加える。

さて、よくこね合わせた小麦粉を、麺棒を使って、できるだけ広く、ひろげてみよう。

その、ひろげ、のばした、ネリ小麦粉の表面全体に、ごく上質の、ゴマ油を塗るのである。

小さな刷毛をつかって塗るのもよろしいいし、ガーゼや、布のハギレをつかって、ゴマ油を塗るのもよろしいだろう。

よくひろげたコネ団子の表面にゴマ油を薄く、まんべんなく塗りつけたら、そのひろげたコネ団子の全体を、どちらからでもよろしいから、巻き上げてゆくのである。

面倒なことは何もない。そのまま、ころがすように棒状に巻き上げるだけのことであって、一本の長い棒が出来上がればそれでよい。

さて、その一本の長い棒を、鋏でも、庖丁でもよいから、五センチぐらいの長さにブツブツと切ってゆく。

よろしいか。丸太のような形の、ネリ団子が沢山出来上がるわけだろう。

そのネリ団子を、今度はマナ板や机の上に、縦に立てる。というと、曲芸でもやっているように聞えようが、五センチぐらいの長さに切ったネリ団子を、ただ縦にして、お皿のお尻(裏っ側)でも何でもよろしい、押しつぶすのである。

つまり、円筒形に巻き上げたネリ団子をブツ切りにして、そのブツ切りにした丸太を縦に押しつぶすだけのことだ。

すると、円形のコネ団子ができるだろう。

その表面に、まんべんなくゴマを散らして、くっつけてみよう。いや、まん中のあたり、梅干の細片を、飾りのヘソにして、はめ込むのも、面白い。

最後に、フライパンで、その両面を丁寧に焼き上げれば終わりである。

## モチ米団子

先回は「焼餅《シャオピン》」を紹介したが、どんなものだったろう。北支の田舎町でつくられている、ほんの子供だましのような口なぐさみの食べ物だが、誰でも、いつでも、つくれるし、香ばしく、私は珍重して、今でもつくり、ビールのつまみなどに好んで食べる。殊更、横にひろげてゴマ油を塗り、巻き取って縦につぶすのだから、上手に焼きあげると、丁度パイのように、層をなして焼餅が剝落《はくらく》し、口ざわりが素敵である。

さて、今回もまた、漢口の花楼街というところで、そのつくり方をぼんやりと見覚えて、日本に帰り、オフクロと二人、乏しい戦後の食糧難の時期に、ひっそりとつくってみては、喜んだ点心である。

その名前は「糯米《ノーミ》の何とか……」といったと思うが、今正確には思い出せない。東京に居れば、邱永漢君にでも聞いてみたいところだけれど、ただ今スペインを移動中だから、かんべんしてもらって、「モチ米団子」とでもいっておこう。

名前などどうでもよろしい。一口にいえば、肉の団子と、アズキアンの団子を、まわりにモチ米をまぶしつけて、蒸しあげたものだ。

ほとんどといっていいように、肉団子とアズキの団子の二通りをつくって、皿に盛って出してくれるならわしのようだから、みなさんも、面倒でも、同時に二通りつくってみて、食べてみた上で、今度は肉団子だけとか、今度はアンコ団子だけとか、練習を積むのがよろしいだろう。

勿論、子供は大喜び、モノグサ亭主だって、ビックリ仰天するような、おいしく、見慣れぬ点心が出来上がること請合である。

まずはじめに、モチ米を買ってくる。

そのモチ米を一晩水にひたすのだが、モチ米は肉団子や、アンコ団子のまわりにまぶしつけるだけのものだから、余り沢山は要らないはずだ。しかし、余ったら、ご飯の中にまぜて炊いて、赤飯にでもすればよいだろう。

さて、半キロなら半キロのモチ米を一晩水にひたしたら、ザルにあけてよく水を切る。

次に肉のアンとアズキのアンをつくるわけだが、肉のアンは、ひとまず、あなた達がつくりなれたギョウザのアンや、シュウマイのアンづくりのつもりで、やっていただいたらよろしいだろう。

タマネギをみじんに切り、豚の挽肉とよくこね合わせ、ニンニク、ショウガの好みの人はニンニク、ショウガを加え、シイタケやキクラゲの好みの人はシイタケやキクラゲをみじんにして入れるのもよろしいわけだ。

余り欲張って野菜を加えると肉の団子が固まりにくいから、そんな心配がおありの方は少しばかり、カタクリ粉でも加えておけば、モチ米のつきもよくなるだろう。

塩加減のほかに少量の酢、かくし味程度の砂糖など、さまざまに入れて、実験してみるがよい。ただ、決して忘れないようにしてもらいたいことは、最後に上質のゴマ油を少量たらし込むことである。

この肉団子を丸めて、モチ米の上にころがし、モチ米をよくまぶしつけて、蒸しあげるだけである。

セイロは中国式のセイロが一番都合がよいが、なに、皆様お手持の蒸し鍋でも、何でもよろしい。ただ水ハケをよくし（皿にのせたら水がたまるから、スノコのようなものがよい）下に必ず、フキンを敷いておくことだ。

アズキアンのつくり方は、皆様の方が得意だろう。即席アンでも何でもよろしいけれども、一度そのアンコを、ゴマ油でねり直してから、モチ米をまぶしつけた方が、おいしいだろう。肉アンのモチ米団子と、アズキアンのモチ米団子を、少し形を変えてつくっておくと、見ても愉快だし、食べる時に重宝する。

蒸し時間は、一時間ぐらいだったように思うが、少々つまんで試食してみるのが一番だ。

## 鯨鍋

ダイコン一本二百円だの、キャベツ一個百二十円だの、バカバカしい時節になったものだ。

もう、こんなバカバカしい時節には、何も食ってやらないぞ、などとヤケを起こしてはいけない。

どんな日照り続きでも、どんな飢饉でも、生きて、食ってゆかねばならないし……、われらの直系の先祖達が、生きて、食ってきたからこそ、今日の私達の知力と体力が維持され、育成されてきたのである。

どれどれ、八百屋の店頭をまわって見るとするか……。なるほど、大抵の野菜類がバカ値を示している中にミズナ（水菜）とアサツキだけが、比較的に値段が安い。ミズナはちょっと小ぶりだが、一株五十円である。

ミズナは京都の壬生《みぶ》のあたりが名産地であったから、ミブナ（壬生菜）といったりキョウナ（京菜）といったのが、いつのまにか、ミズナに訛ってしまったのだろう。

では、今日は平年並みの値段以下の壬生菜を使って、上方風の鯨鍋をやってみることにしよう。壬生菜一株五十円、鯨を百五十円も買ったら、三、四人でおいしく、たらふく、食べられる鯨鍋ができるはずである。

その鯨も、尾の身でなくっちゃなんて、つまらぬ気取ったことをいわぬがよろしい。魚屋の店頭にある、赤い、冷凍の鯨で結構なのである。

まず、スキヤキ鍋に適当の水を張って、ダシコブをひたしておこう。

コンブがしっとりと湿る頃、醬油（淡口の方が色がつかず、壬生菜の青味と白味が美しく見えるはずだ）を入れて、お吸い物よりもう少しカラ目にする。

余り醬油からくしてしまうと、全然駄目だからなるべく薄味にするがよい。もしあったら、燗ざましのお酒を適宜入れて、ガスに点火する。

京大阪のあたりは、まったくこれだけで、壬生菜を大量に入れ、煮立って壬生菜がしっとりとしてきた頃、その上に薄く切った鯨をならべ鯨が煮える瞬間食べればよい。

私はといえば、朝鮮や中国にいかれ過ぎているから、ダシ汁の中に、まず、ニンニクだのショウガだのを押しつぶし、みじん切りにしたものを入れて、その上にたっぷりと壬生菜を敷く。

壬生菜は、一〇センチ近く大ぶりに切って入れる方がよろしいようだ。

ガスに点火するだろう。壬生菜がグツグツと煮えてくる。その上に薄切りにした鯨をほうり込んでゆくのである。

鯨はけっして煮え過ぎてはいけない。半煮の状態のつもりで食べる気持ちになってもらいたい。

すると、壬生菜のアクというか、ニガ味というかが、鯨にからみついて、質素な食べ物ながら、つくづくとうまい鍋になるから不思議である。

間違っても、この鯨鍋だけは、砂糖を入れない方がよい。

## チャンポンと皿うどん

長崎に一度出かけていったものには、「チャンポン」と「皿うどん」ほどなつかしい食べものはあるまい。ことさら少年期を九州で過ごしたものは、チャンポンなしには腹のどこかに、スキマができているようなものだ。具にして中に入っている、土地で「ダゴムキ」とよぶ奇妙な貝……。モヤシ……。イカ……。そうかと思うとカマボコ……。ゆで卵……。豚……。タマネギ……。タケノコ……。キャベツ……等々と何でもござれで、それこそチャンポンに合成されて、デカイドンブリいっぱい山盛にあふれそうである。

死んだ坂口安吾が、長崎に出掛けていって、その「チャンポン」のドンブリの巨大さに驚かされ、あれはまるで洗面器だよといっていたが、まったくそう感じられても不思議はない。その「チャンポン」のつくり方を指南するから、モヤシなど思いっきり沢山入れて、大いに長崎気分を味わうことにしよう。

まず、スープをつくっておくことが肝要だ。トリガラでも、豚骨でもよいから、ニンニク、ショウガ、ネギなどを一緒にぶち込んで、気長に煮ておこう。

スープは塩味にしておいて、それで物足りないような気がしたら淡口醬油を足す程度がよい。

メンは蒸ラーメンの玉を買ってきておく。この蒸ラーメンは、中華鍋の中でラードでたんねんにいためて、なるべく冷えないように、天火でもあれば、天火の中にしまっておこう。「皿うどん」やチャンポンの具は煮過ぎたり、焼き過ぎたりすると、おいしくないから、面倒でも、中に入れる具を別々にいためる方がよい。

例えば、真っ先に、モヤシをいためておこう。中華鍋の中にラードをはり、適宜の塩をふりこんでおいて、強火でラードが熱したら、一挙にモヤシをいためる。あとでもう一度煮るから少しいため足りないぐらいがよい。いためたモヤシは皿にとって、なるべく冷やさないようにしておく。

さて、二、三人の小人数の家庭だったら、あとのものは、次々に加えながらラードと塩でいためてゆけるだろう。その順番だが、一、豚バラ（適宜に切り）、ニンニク、ショウガ。二、タマネギのザク切り。三、タケノコ、ネギ、シイタケ等。四、キャベツのザク切り。

ここまでをなるべく猛烈な強火でいためて、シンナリしかかる寸前に、さっきいためたモヤシを加える。

最後にイカのブツ切りと、アサリのムキ身を入れるのだが、イカも貝もいため過ぎると堅くなり、まずくなるから、注意が肝腎だ。

イカをいため終わったら、少量のスープを入れる。私は別にカタクリ粉の水トキおわん一杯を用意しておいて、ここの中にアサリのムキ身を入れ、最後に一挙にほうり込んで、アサリを煮、全体にトロミをつけるのがきまりである。

淡口醤油で味をととのえる。

上質のゴマ油をたらし込み、タバスコや、コショウを振りかけ、さっき用意しておいた蒸ラーメンを西洋皿にひろげて、具をかければ「皿うどん」だ。

ドンブリに入れて具をかけ、スープをたっぷり加えれば「チャンポン」だ。

## パエリヤ

スペインの町々に「パエリヤ」という料理がある。ごくありふれた、お米の料理で、まあ、いってみれば「ピラフ」の変種だが、必ずサフランの黄色い色と、独特の香気がからみついているところがおもしろい。

そのパエリヤも、バルセロナとか、バレンシアとか、地方地方によって、中に入れる具が違っており、鶏だけを入れる地方だとか、ムール貝を入れる地方だとか、エビを入れる地方だとか、魚のカラ揚げも加える地方だとか、いろいろ、さまざまに変わっている。

そこで、ひとつ、何もかもゴタまぜにした、豪快なパエリヤを作ってみるが、これは、バルセロナの一軒の店で食べた流儀をまねしてみたものだ。

もちろん、ムール貝はなかなか手にはいらないから、アサリを使うことにしよう。

まず、タマネギをみじん切りにして、ニンニクを少量、きざみ込んでおく。

タマネギの量は、さよう、五、六合の米で中ぐらいのタマネギ半分か、三分の一ぐらいで結構だろう。

そのタマネギのみじん切りを、大きなフライパンか中華鍋の中で、バターかサラダ油で、暫くいためる。オリーブ油を使ったほうがスペインらしいかもしれないが、そんなことはどうだってよろしい。そこへ、あらかじめ水につけておいたお米の、水をザルでよく切って、一挙に鍋の中に入れる。五分かそこいらいためたら、別に少量の熱湯にひたしておいたサフランをそのお米にかけて、全体がムラなく、黄色く発色するように丁寧にまぜ合わせる。サフランは薬屋で二百円の袋を買ってきたら、その半量ぐらいがよいだろう（五～六合のお米として）。

このお米をご飯に炊くわけだが、お米と同量の水を入れると覚えておいたほうがいちばん手っ取り早い。そうして、鶏の骨付腿肉を一本買い、ブツ切りにして、このお米と一緒に炊き込んでおこう。

その際、ご飯に塩味をつけておきたいが、しょっぱくなりすぎると、後で修正がきかないから、なるべく薄味のつもりで、塩味を控えめにするがよい。僅かのお酒でも加えておくと、おいしく炊き上がるかもしれぬ。

さて、中にまぜ合わせる具であるが、何をぶち込んでもよろしいと思っていただきたい。

さっきも申し上げた通り、何でも入っている地方があり、入っていない地方があり、千差万別だからだ。

私は雑多なもののまぜ合わせが好きだから、生シイタケ、冷凍エビ、カラ揚げしておいた魚、アサリ等々と、何もかも入れる。

そのアサリも、殻ごと入れるから、いやはや、出来上がりのパエリヤは、それこそ満艦飾のもようを呈するのである。

まず、中華鍋の中に、サラダ油か、オリーブ油か、バターをひいて熱する。

エビは殻ごと、背わただけを抜いて、少量のニンニクと一緒にいため、エビが赤く色づいてきたころ、生シイタケを加え、つづいてよく砂抜きしたアサリを、殻ごと入れて、その殻のフタが開くまでいためる。フタがあいたら全体にほど良く塩加減して、先刻炊き上げておいた鶏ご飯を一挙に入れよくまぜ合わせる。魚のカラ揚げは、このころ加えたほうが割れないですむだろう。これで出来上がりだ。

洋ザラに移し、パセリのみじん切りを散らし、ペパーをふりかけながら食べるのだが、少量なら酒のサカナにもよろしいだろう。

## ブイヤベース

フランスの海浜にブイヤベースという料理がある。油でカラ揚げしたパンの上に、サフランとオリーブの匂いの、混然としたスープをかけ、その中に魚介類をとり合わせて食べる料理だが、四方を海でめぐらした日本人も、時にはブイヤベースの真似事ぐらいやらかして、これを鍋物料理に取り入れてみたって悪くないだろう。

全体を土鍋で仕上げ、土鍋の中から、ほしいままに自分の皿鉢にすくい取ったら、こんな仕合わせなご馳走はない。

ただ、あまり高級な魚介類を使い過ぎると、やりそこなった時にバカバカしいから、なるべく安直に出回っている魚や、貝や、エビなどを使った方が無難だろう。

何度も稽古し、自信ができたら、タイでも、伊勢エビでも、惜しげもなく使って、豪華ケンランに仕上げるがいい。

私は、唯今よく出まわっている、イシモチと、カナガシラ（ホウボウの方がよろしかろうが）と、アナゴと、エビは冷凍モノ、ほかに小さなハマグリを使ってみた。

小さなハマグリが無かったら、アサリでも結構だろう。大きなハマグリだって一向に差支えないが、フトコロの方が大丈夫な方だけやるがよい。

まずタマネギを一個、長ネギを一、二本薄くスライスして、オリーブ油で、スープ鍋の中で丁寧にいためよう。サラダ油でも構わないが、やっぱり南仏の海浜を夢想するヨスガに、ちょっときばってみたのである。

さてその中に水一升ばかり入れる。

この時、米を一にぎり入れておくと、スープに僅かなネバリができて、私は好きだ。酒か、白ブドウ酒をきばって、コップ一杯ぐらい入れてみる。セロリの芯だの、パセリの茎だの、できたら、タイム、月桂樹の葉、クローブなど香料の束を投げ込んで、アナゴの頭とか、イシモチのアラだとかを、煮出してみよう。もちろん、ニンニクは押しつぶして、二、三塊。トマト一個もバラバラに切って入れる。ペパーを適宜、サフランを一つまみ、小さく切って、これも投げ入れ、沸騰しはじめてから、二十分か、三十分、中火で煮るのだが、塩加減はなるべく淡くしておくがよい。

さて別に、ハマグリはよく洗い、冷凍エビはカラごと、二つぐらいに切っておく。

モツを抜いた魚は、全部筒切りして、薄く塩をする。三十分かそこいらでも塩をしといた方が、日本人には口当りがよく思われる。

そこで、土鍋の、下の方に固身の魚、上の方に崩れ易い魚、エビ、ハマグリを敷きつめ、さっき、煮込んだブイヨン（スープ）を、よくこして、全体が沈むぐらいにそのブイヨンをそそぎ入れる。

土鍋の下に点火する。

オリーブ油を、大匙三杯ぐらい入れ、強い火で十分か十五分、ハマグリのカラがまったく開くまで、煮上げれば出来上がりだ。

私は、あらかじめ塩加減しないで、ここでちょっぴり、ショッツルを入れて、味をととのえる。

パンのカラ揚げをスープ皿に敷き、好みの魚をスープごとすくって、パセリを散らして食べる。

## 干ダラのコロッケ（バステーシュ・ド・バッカロウ）

ポルトガルにやってきて、あちこちおよばれに出かけてゆく。

例えば誕生祝だとか、何だとか……。するとまったく例外無しに、「コジドー」と「バステーシュ・ド・バッカロウ」というご馳走が出される。

「コジドー」というのは「煮る」ということで、煮物は何でも「コジドー」のはずだが、しかし客を呼んで「コジドー」といったら、大体様式がきまっている。

いってみれば、九州の「ガメ煮」のあんばいのゴタ煮だが、材料が豪快だ。先日アンナ・マリア嬢につくってもらった時には、牛肉七五〇グラム。鶏半身。豚耳、豚足、各一。ファリネラ・ソーセージ一本。肉のチョリソ（ソーセージ）一本。血のチョリソ一本。ニンジン。キャベツ。カブ。カブの葉っぱ。ジャガイモ。トマトということになる。これを一、二時間、ゴタ煮するのだが、材料が日本向きでないから残念ながら割愛して、「バステーシュ・ド・バッカロウ」を紹介してみよう。

「バステーシュ・ド・バッカロウ」は、干ダラとジャガイモとタマネギを卵でつなぎ、パセリを散らしながら揚げ物にした至極簡単な料理であって、これなら、はなはだ日本人向きだ。

殊更「馬鹿野郎のバステーシュ」と聞えるから、みなさんも、せいぜい馬鹿野郎（干ダラ）

を活用して、愉快なポルトガル料理をつくってみるがよい。子供のオヤツによろしく、また酒のサカナに面白い。

干ダラは日本の干ダラ（真ダラ）とぜんぜん同一のものだと思ってもよろしいだろう。堅くコチコチに乾しあげたものを、ポルトガルの食糧品屋なら、どこでも売っていて必要なだけデカイ庖丁で叩き切ってくれる。

日本だったら、さしずめ、干ダラ一本買ってきて、三、四回に分けて使えばよいはずだ。

さて、干ダラ二〇〇グラムばかりをよく水洗いして、水の中に二、三時間から、一、二昼夜ぐらいつける。塩抜きと一緒に、よくもどすのである。

パセリを五、六本。これは葉だけ刻む。タマネギ大き目のを半分だけ、みじんに刻む。ジャガイモ二、三個の皮をむき、ゆであげてマッシュド・ポテトにしよう。

水からタラを取り出して肉がバラバラにほぐれるように鍋で煮る。大体四十分ぐらいかかるはずだ。そのあとで、小骨まで、なるべく一本も残さぬように骨抜きをする。

充分に水を切り、これをポルトガルなら、どこの家にだってあるパサフィッテ（スリコギ器）の中ですりつぶすのだが、日本だったら、スリ鉢が一番だ。

よくすり、よく骨を抜いたら、マッシュド・ポテトを加えてこね合わせる。そのマッシュド・ポテトの量は、タラのスリ身の半分かそこいらがよろしいようだ。

鶏卵一個を、黄身と白身に分け、まず黄身だけスリ鉢のタラとジャガイモの中にまぜる。白身はよく掻き廻して、後で加えねばならぬ、と村娘達はやかましいことであった。

ここで、みじん切りのタマネギとパセリも加え、塩、コショウをするのだが、塩味はまだ残っているはずだから、ペパーだけの方が安全だ。

さて、スプーン二本を左右の手に持ち、こね合わせたスリ身をすくって、約五、六センチ長さの、三面の、稜を持った紡錘状の団子をつくる。これが、娘達の自慢であって、日本の自称大家もシャペウ（シャッポ）を脱いだ。

植物油でむらなく揚げれば、終わりである。

## 牛スネのスープと肉のデンブ

食べ物を長い時間かかって処理することが、日本人は大変不得手のようだ。何も日本人に限ったことはないのかもしれないので、アメリカ人だって、欧州人だって、この頃は、簡便第一のインスタント物にとって代られ、ワザワザ、五時間も、八時間もなどという、長時間の処理など、する方がバカかも知れぬ。

しかし、長い時間をかけなかったら、箸にも棒にもかからない、おいしい食べ物の数々があることも事実であって、例えばオックス・テール（牛尾）など、煮込んでほんとうに柔らかくするには、どうしても、六時間から八時間ぐらいはかかるだろう。

牛のシッポの煮込みは、いずれゆっくり申し上げるとして、今回は、簡単で、おいしい、スープの煮込み方を書いてみよう。

簡単でおいしいことは事実だが、時間は何時間もかかる。イヤ、毎日毎日火入れをしながら、今日はラーメンのツユ、明日はカレーライスのダシ、といったあんばいに使うわけだ。

昔は練炭火鉢というのがあって、こういう長時間の煮物には重宝したが、なに、ガスの火を細くして、トロ火にすれば、別段、手間ヒマがかかるわけではないだろう。時間が長くかかるといって、けっして面倒なわけではなく、ただ、スープが蒸発してしまって、焦げついたり、ガスの火が消えてしまっているのを知らなかったりすることを注意しさえすればよいのである。

さて、牛スネの肉を思い切りよく、五〇〇グラムとか一キロとか、塊のまま、買って来よう。

牛スネの肉が一〇〇グラム六十円か、八十円か、ちょっと忘れたが、あとあと、カレーに煮込んだり、肉デンブに煎りあげたりして、最後の一スネまで嚙るなら、大して高価なものにも当らないだろう。

牛スネの塊を、大きなスープ鍋の中に入れる。水をタップリと張って、ニンニクの塊を五、六粒、ショウガを一、二個、あとはネギの青いところでも五、六本投げ込むだけでよい。

また好みではタマネギを丸ごと二、三個、ニンジンを一、二本入れてもよいが、タマネギを多くするとスープの甘さが増大してくるから、サッパリとしたスープを好む向きには、タマネギは濫用しないで、カレーにしたり、シチューにしたりする時に、タマネギを入れるがよいだろう。

スープに茶褐色の色を加えたい場合は、はじめに、肉の塊の表面を、ネギやタマネギのみじん切りと一緒に、油で焦目がつくくらいいためつけておけば、ウイスキーのような焦茶色のスープをつくることができる。

さて、煮立ってくる。アクとアブクがスープの表面を蔽うから、金匙で、丁寧にそのアクとアブクをすくい取りながら、コップ一杯ずつぐらいの水を足す。もちろん、酒やウイスキーの飲み余しなどがあったら、入れておこう。

ここいらで、ガスの火をトロ火にしてコトコトと日がな一日、気永にスープを煮るのである。時々、蒸発しただけの水を足す。もっとも濃縮スープがほしいなら、そのまま、煮つめる。

ご覧なさい。澄み通った、おいしいスープが出来上がったろう。そのスープの上澄をすくって、タマネギのみじん切りを煮込むだけでも、ジャガイモやニンジンやダイコンのサイの目切りを煮込むだけでも、申し分なくおいしい。

ラーメンのツユなら尚更だ。

よく煮えた肉塊をそっとすくい取って、カレーライスの肉にし、ラーメンの焼肉代りにし、シチューの実にし、つまるところ、コンビーフのつもりで、何にだって活用できる。

私は、といえば、この肉を、植物油でよくいりつけながら丁寧にほぐし、ニンニクだの、ショウガだの、五香だのを加えながら、醬油味の肉デンブにする。バラバラになるぐらい煎りつけるのがおいしくて、もし、電子レンジがある人は、仕上げを電子レンジにまかせる方が賢明だ。最後にゴマ油など加えると、素敵なフリカケが出来上がる。

## スペイン酢ダコ

スペインの町々をうろついている時に、何がうれしいかといって、裏町の居酒屋や、安食堂のカウンターの上にズラリと酒のサカナが整列していることだ。

例えば、ここはマドリードだが、昨晩はいりこんで行った安食堂のカウンターの上は、右から、イワシの酢漬け。マーシュロムの油漬け。ムール貝のニンニク、トンガラシ焼き。さては、タニシのような小貝の塩ゆで。パエリヤ。イカのフライ。アサリのサフラン煮。ウナギの子の油いため。待て、待て。その左の方にあるのは何だ?

左様。スペイン風酢ダコである。

こないだも、サン・セバスチャンの有名な海産物酒場の店先に入りこんでいって、この酢ダコを見つけ、試食してみると、これはいける。早速、酒を飲みながら、分解し、推理し、研究し、宿の部屋に帰りついて、宿の娘、イザベラ嬢を呼んでスペイン風タコの酢和えの料理法を質問に及んでみたところ、食べたことはあるが作ったことはないという情けない答えである。

そこを、もう一押し。誰かによくつくり方を聞いてきてくれと頼んでみたところ、夕方、ニッコリ笑ってやってきて、あんなもの、造作はないと自信ありげだ。

そこで、彼女がいうがままの材料を買い集めて、こころみにつくり上げさせてみたところ、これはいける。

同行の関合画伯は、

「いや、オレはやっぱり、日本流の酢ダコをつくる」

などと、ご丁寧に日本式酢ダコをつくり上げてみたものの、自分でも、その日本式は一口二口でやめて、

「いやー、これはどうも、スペイン式酢ダコの方が一段上だね」

と、とうとうカブトをぬいで、スペイン酢ダコに乗換えてしまう節操のなさであった。

さて、材料は日本の真ダコが一番よろしいだろう。サン・セバスチャンで買ったタコは日本でいう水ダコの種類のように思えたが、それでも、結構おいしかった。

真ダコの足を二、三本、サッと塩ゆでにしよう。塩ユガキにしたタコの足を、なるべく小さいサイの目に切る。

次に、タマネギを半個ばかり、これも小さい乱切りか、サイの目に切って、タコと一緒にまぜ合わせる。トマトも種子を抜き、皮をむいて、なるべく小さく、乱切りにする。

ニンジンは入っている店と入っていない店とあったが、レモンはどこの店も、小さく切込

んでいたし、その皮をみじんにしてちょっと落としておく方がよろしいだろう。

ニンニクは例外なしに、どこの店のものにも、かなりの量、切り込んであった。

軽く塩、コショウする。酢をかける。その倍量ぐらいのサラダ油（落花生油）をかけたあげくに、ほんの二、三滴のオリーブ油をたらしたい。少量のマヨネーズ・ソースを加えるのもよいだろう。

というのは、

「ああ、やっぱりオリーブの匂いがいいんだね」

と日本式酢ダコをあきらめた関合画伯もため息をもらすような声をあげていた。

サン・セバスチャンのスペイン酢ダコには、鶏卵の黄身を細かに砕いてふりかけていたから、私も、ニンニクつぶしを使って、イザベラに、ゆで卵の黄身をかけさせた。

最後に、絶対に欠かせないのは、パセリである。パセリの葉を、大マカに刻んでふりかけてほしい。

或る店のスペイン酢ダコにかけられていたパセリは、パセリはパセリの一種でも、コァントロス（コリアンダー）だったと思う。匂いがツンと鼻の中に漂った。

## スペイン風と松江の煎り貝

スペインの町々をうろつき廻っていると、マドリードでも、バルセロナでも、セビリアでも、一杯飲屋や、海のもの専門の食堂が、どこにもある。

呑み助ばかりが入り込んでいるのかと思うと、そうではなく、女学生らしい女の子や、BGなどが映画の帰り道に入りこんで、立食い、立飲みをやっているわけだ。

そんな店で、よく見かけるのが、アサリや藻貝（アカガイに似た小さな貝）の、サフラン煮だ。

日本では、サフラン煮というより、サフラン鍋といった方がよいかも知れぬ。

日本ではアサリといったら、みそ汁か、お吸物か、みそヌタの種にきまっているようなものだが、時にはスペイン風のサフラン鍋に仕立ててみたらどうだろう。

ところで、このスペイン風アサリ鍋とほとんど同一の料理が、日本にもあることをご存知ないだろう。松江の煎《い》り貝である。

サフランを使用する以外は、まったく、スペインの煎り貝と同じ料理だと申し上げてもよいぐらいのものである。

もっとも、松江で使う貝はアサリではなく、アカガイ、アカガイといっているが、九州の有明海でいくらでも獲れるミクロガイのことである。

今日はそこで、松江流儀の煎り貝と、スペイン流儀の煎り貝を、一挙にやってお目にかけてみよう。

スペインの店で、客に供する時は、質素な土鍋で、グツグツ煮立たせながら運んでくるが、なに、松江の煎り貝も、スペインの煎り貝も、大きな中華鍋で一挙にいため上げ、お皿に出せばそれでよい。

本日は藻貝でやってみたが、別に藻貝でなくてはならないと気取ったわけではない。私がいまいるポルトガル市場では、たまたま藻貝しか見つからなかっただけのことだ。


さて、松江流儀の煎り貝からはじめよう。

アサリの砂を丁寧に吐かせておく。

中華鍋を猛烈な火勢で熱し、アサリを投げ込む。酒をかける。醬油をかける。

アサリが一斉に口をあけてきた。ひとまぜして、出来上がりだ。酒と醬油が、煎りついたようになって、とてもおいしい。

なーんだ。そんな簡単な料理かとおっしゃるかも知れぬ。しかし簡単で、悪いわけはないだろう。

やってご覧なさい。こんな簡単で、こんなにおいしい料理があるのかと感心するはずだ。

はじめにゴマ油で、煎りつければ、若向きになるかもわからない。

次にスペイン風をやって見よう。

違うところは、サフランの香気と色どりが加わるだけである。

アサリをよく砂抜きしておく。

サフランを白ブドウ酒で一度煮立たせておき、色どりと香気をとかし込んでおこう。

大鍋を熱する。よろしいか。猛烈な火勢……。サラダ油を敷こう。ニンニク一片と、トウガラシ。これはスペイン料理にはつきものである。

続けざまに貝を全部入れる。塩、コショウ。サフランのとけこんだ白ブドウ酒をぶっかける。

貝が次々に口を開く。出来上がりだ。

貝が口を開いた直後にひとまぜして、素早くとり上げるのがよろしい。

今回はちょっと気取って、塩ザカナ（スズキ）のサイの目切りを加えてみたが、これは、マドリードの居酒屋で、味わった通りである。

## 牛の尻尾のシチュー

たとえば、渋谷の小川軒に私が出掛けていったとする。すると、主人は、ためらいなく、

「ダンシチューですか」

と笑って、訊いてくれるだろう。ダンシチューというのは、牛の舌と牛のシッポのシチューである。この地上の食べ物で、何が一番好きかといわれたら、ひょっとしたら、私は牛の舌と、牛のシッポだと、答えるかも知れぬ。

舌もシッポも絶えず、屈伸の運動をしているから、それでおいしいのではないかと、おそるおそる考えてみることもあるくらいだ。

そういえば、オーストラリアに、カンガルーのシッポのスープというのがあった。カンガルーのシッポのスープは、何となく砂漠風を思わせるような索漠とした味であったことをおぼえている。

それにくらべると、牛のシッポは、実にこってりとした味わいだ。スープによろしく、シチューによろしく、中国風の煮込みによろしく、日本風に醬油でたきこんでも、実においしい。

ただ、その煮込みに、莫大な時間を要することを覚悟してもらわなければならぬ。

自分の家に居る時は、いつも圧力鍋でたいていたから、正確に水たきして、何時間で煮え上がるか忘れていたが、今度はヨーロッパで、圧力鍋の手持が無く、水からたき上げて、丁度八時間目に、ほどよい軟かさになることを、思い知らされた。

だから、牛のシッポの料理は、まずはじめに、八時間の下煮を必要とするから、その覚悟で、やっていただきたいものだ。

日本では、牛のシッポは大抵、七、八センチの筒切りになって、デパートで売っているが、例えば、ポルトガルの田舎では、長い棒のままで売っている。

よく切れる庖丁で、切り揃えるのだと思ったら大間違いで、あれは関節のところから切ると、野菜庖丁だって、簡単に切れるので、関節から関節まで大体七、八センチの長さに、きまっているのである。

さて、その、牛のシッポだが、今日はひとつ、醬油煮にしてみよう。

なーに、醬油煮だって、シチューだって、その元は同じことで、どっちみち八時間は、水煮しなければならない。

ほんとうの調理は、その八時間の水煮の後のことである。

まず、牛のシッポの関節を手探りして、切り揃えてみよう。切り揃えるのではなく、関節に庖丁をあてさえすれば、ほとんど同じ長さの筒状に切り揃うのである。

さて、ニンニクを二片ばかり、ショウガを一個、叩きつぶし、タマネギ半個をスライスして、大きなフライパンか、中華鍋の中で、ラードか、サラダ油でいためよう。

この時は、猛烈な火勢がよろしいので、牛のシッポの表面に焦目をつけるようにしてもらいたい。

シッポをいため終わったら、大量の水を加えて、今度は深い大鍋に移し、コトコトと中火で、八時間煮るのである。

もちろん、気の短い人は、圧力鍋を使用して、四十分で、すませるのがよいだろう。

しかし、シッポのおいしいスープを、とるつもりなら、コトコトコトコト八時間水煮しながら、泡やアクをすくったり、水を足してみたり、スープの味わいをたしかめてみたりするのがおもしろいだろう。

塩を入れ、月桂樹の葉だの、クローブだの、パセリの茎だのを加えれば、忽ちおいしいスープである。

八時間後に、二ツ三ツ、牛のシッポを取り上げて、醬油と、みりんと、ネギで、味濃く煮上げれば、もう立派なお惣菜になるだろう。

## ビーフ・シチュー

私が今回つくってみる牛肉の煮こみは、赤ブドウ酒を贅沢に使った、シチューの王様みたいなものだと思っていただきたい。

ところで、ポルトガルの片田舎では、セロリがなかなか手に入らず、セロリ抜きになったが、はじめの肉の漬け込みには、ニンジン、タマネギ、セロリを使う方が、よろしいだろう。

ところで、この原稿を送りかかっている最中に、ポルトガルはカルナバル（謝肉祭）騒ぎ……。そのままパリに来てしまったが、パリの、さまざまの野菜や肉類は、まったく、繊細で、贅沢なものだ。

ただし、東京なみの物価高で、早く、ポルトガルに、逃げ帰りたくなった。

さて、話を本筋にもどそう。牛肉はイチボだとか、何だかとかがよろしいらしいけれど、そんな贅沢はいっていられない。牛バラの塊でも買えたら上等で、濠州あたりからの輸入の肉が安く手に入る時に、豪快につくってごらんになるとよい。幸いポルトガルは上等の肉でも一キロ五百円見当だから、私などうわずってしまって、肉を二キロ買ったり、三キロ買ったりする。

まず、ニンニクを一片二片叩きつぶす。次に肉の大きさにもよるがタマネギを一つ二つ厚くスライスする。ニンジンとセロリは、タマネギの半分ぐらいのつもりで、薄く小口切りにしよう。

これらの野菜類をドンブリの中に入れてまぜ合わせ、肉は好みの大きさに角切りにし、丁寧に塩コショウして野菜のまん中に入れる。ここで惜しげもなく赤ブドウ酒をブチかけて、肉自体に、まんべんなく野菜と酒の味を浸みつかせるのである。

時々ひっくりかえして上下を換えてみるがよい。そのまま、一晩くらい漬け込んでおく。ポルトガルはブドウ酒が安いから結構だが、日本の甲州のブドウ酒だってお酒よりは安いはずだ。それを、一月に一度、料理屋に行ったつもりで、思い切りよくブチかけてみるのである。

さて、その翌る日のお昼頃、肉片を丁寧に取り出して、表面を拭う。勿体ないような話だが、後焼く時に、肉の表面に、ほどよく焦げ目と、皮膜をつくりたいからだ。

お鍋でも、フライパンでも何でもよろしい。猛烈な火を入れ、ラードか、サラダ油か、バターを敷く。肉片を一挙に投げ込んで、表面が狐色になるまで、煎りつけよう。

肉に程よい焦目がついた時に肉だけ取り出してしまう。今度は、さっき、肉を漬け込んでおいたブドウ酒の中の野菜類をしぼるようにして取り出して肉の焼汁の中で丁寧にいためつけるのである。この時、トマトとか、ピーマンとか、もしあったら一緒に刻み加えていためつけた方が複雑な味になるかも知れぬ。

野菜の類がだんだんと狐色から、褐色のキャラメル状に変ってきたろう。よろしい。火をとめて、少しさめるのを待った挙句、清潔なフキンにくるみ込み、シチュー鍋の中に、野菜の汁を、ことごとく絞り取るのである。

ドンブリから、肉や野菜のつかっていたブドウ酒を全部入れる。もちろんのこと肉も加える。水でも、スープでもよろしい。たっぷり肉の上にかぶせ、コトコト弱火で、せめて二、三時間ぐらい気永に煮込もう。

肉の上に浮んでくるアクや、アブクは、時折すくい取って、煮つまってしまわないように、そのつど点検しておこう。

フキンで絞り取ってしまった野菜のカスだが、勿体ないと思う方は、醬油や、ウスター・ソース等で煎りつけておくと、ゴハンにかけてよろしく、酒のサカナによろしい。勿論のこと私は棄てるワケがなく、はじめはミキサーにかけて、シチューの中に加えていたが、少し泥臭い味になり過ぎるから、別の料理に転化することにした。

カレー粉いためなども面白いかもわからない。

さて、二、三時間煮つめてゆくと、肉はかなり軟かく、肉汁の色合も、だんだんと落付いた艶を見せてきただろう。

ここいらで、中味に入れる、タマネギを仕立上げておくことにするが、タマネギの皮をむき、思い切った厚さにまるごと輪切りにしたがよい。

ラードを熱して、その部厚いタマネギをいためつけるのだが、大きなタマネギの輪にカッコイイ焦目をつけたいものだ。

別に褐色のルーをつくる。というと、おそれをなす人があるかも知れないけれども、バターをフライパンに入れて、メリケン粉をいりつけてゆき、丁度狐色になった頃に、スープをかけ、シャモジで丁寧にとかしてゆくだけのことだ。

但しこれは私も大のニガ手で、ブツブツができやすく、

「ちょっと一杯やりたくなった。オッカン（お母さんの柳川方言）しばらく代ってくれ」

と退避してしまうならわしだ。

ポルトガルでは、そうはゆかぬから、オデツと呼ぶ、お手伝様に、一切シャモジときを、まかせている。

蛇足ながらこのオデツ（またはオデデ）、買物に走らせると道で喋り呆け、犬だけ先に帰ってくる始末だから、私のつくったポルトガル都々逸によれば、
オデデ来るかと門辺に待てど
オデデ来ねえで　犬が来る

さて、うまくシャモジときの出来上がった褐色のルーをシチュー鍋の中にとき入れて、まんべんなく、よくまぜ合わせる。

ここで月桂樹の葉とか、クローブとか、セージとか、パセリの茎だとか、あとで取り出せるように、紐でしばって投げ込んでおこう。

塩味をつける。塩だけでは単純だから、ウスター・ソースとか、トマト・ピューレとか、いやいや、醬油なども少々入れてみるのが面白いし、甘味と酸っぱみがほしい向きは、こっそりと、ジャムを入れて、わが家の自慢料理のカクシ味にしてみるのも面白かろう。

私はといえば、苦味と艶がほしいから、キャラメルをつくって、加えるならわしだ。

さっき、焦目をつけたタマネギを全部加える。ニンジンも、カッコよく切って入れるとよい。

シチュー鍋ごと天火の中に入れ、シチューの表面に、焦目がつく度に、まぜ合わせ、まぜ合わせてゆくと、一、二時間後に素晴らしい艶のあるシチューが完成してゆく。

最後に、マッシュルームを加えて煮上げると出来上がりだが、ほかに、ジャガイモだの、絹サヤエンドウだの、スパゲティだの、塩煮をしておいて、一緒に食べると素敵である。

時間と手間がかかり過ぎると思われる方も、ご主人の出張の日なぞ一日つぶして、生涯に一度の大ご馳走をつくれば、出張から帰ってきたご主人が肝をつぶすかもわからない。

# 解　説

荻　昌弘

昭和44年、檀一雄氏に「檀流クッキング」の連載を開始させたサンケイ新聞記者は、ジャーナリストとしてするどい先見の明を、誇っていいものであった。

檀一雄氏が、「食」に関し、殊に食の「自作」に関してなみなみならぬ熱意と実行力をもたれることは、つとにきこえていた。さまざまな噂までが、みだれ飛んできた。檀氏は旅先きで、小さな汚ならしい天ぷら屋に入られて食事されるときも、うまい店だ、とおもえば、きちんと「揚げ玉」を包ませて帰られるのだ、とか、いや、そもそも旅に発つときからアイスボックス持参でね、料亭で美味な活きづくりなどが出ると、頭や中落ちをちゃんとそれに収められて、東京へ戻られるのだ、といったたぐいである。噂というものはつねにバロッキイな誇張だけを増幅させるのが本質だから、これらも、真偽はまったくわからない。しかし、噂のウソが、事実以上に真をつげることだってある。私も、何度氏に関するこのたぐいの噂をきき、そういう態度で人間はあらねばならない、と背すじを立て直したかわからない。

男性は、この日本で、非常に不便な複合観念に縛られきっており（だからこそ今、女性たちから、ことごとに差別の罪を言いたてられるのだが）、「食」の欲望や感覚におもいをひそめ、工作をおこない、子孫に語りつたえる作業とは、ぜんぶ女性の固定的役割であり、男がそれに参加し介入することは「恥」なのである、とする愚かな思考だけをみずからに言いきかせつづけてきた。二、三の例外を除いて、料理の専門外の文人や知識人たちが、味覚のよろこびを讃美する文章の発表に踏みきったのは、ホンの近年のことにぞくする。それも、他人が生産し創造した味を嘆賞する次元だけにとどまって（じじつ、それ以上面倒なことは、したくもできなかったのだろうが）、みずから味をつくる、つまり「調理の実践の内幕」を外へもらす、などということは、自嘲以外、まったくといっていいほど、ありえなかった。ブリア・サヴァランはおろか、ロートレックも、その点では日本に存在しなかった。サンケイは、檀氏の踏みきりによって、それまでこの国に存在しえなかった貴重な処女地へ鍬を入れ、うっせきしていた男性の心と口をひらいたのである。「ジャーナリズム」というものだ。「檀流クッキング」は、読まれる通り、「食通」の自己陶酔などでは断じてなく、味という感覚を通じてくりひろげられる美文のエッセイですらない。徹底的に、市井一般市民のための、タダの家庭調理実作の指南書である。が、結果は、二重の意味において、他に類のない、そしてかけがえのない、手順の指導という以上の啓蒙の役割を、これははたすことになっている。一つは、いうまでもない、あらゆる家庭の生活人に、日常の食卓の料理は、みずからの手でつくりうるものなのだ、また、そうでなければいけないものなのだ、という自信と自覚の手がかりを与えたことである。そして第二、さらに重要な成果として、みずから食い味わうものをみずから「つくる」ことには女も男もないのだ、それをかんがえ、工夫し、語ることは、男にも「恥」などでないことは勿論、当然として誇るべき人間作業なのだ、という正論を堂々と市民権としてみとめさせたこと、が挙げられなければならない。この一冊を、特殊な食通の、異常な道楽の告白、つまり檀一雄氏はオカシな珍事にマメすぎる執着を燃している奇人なのだ、と読みとることほど、事の本質をとりちがえた大きな誤読は、ない。

「檀流クッキング」は、昭和44年2月から、毎週一回サンケイ新聞に連載され、前半53回分が、昭和45年7月、同社出版局より上梓された。今回、本文庫におさめられたのは、その分も含めて、昭和46年6月までの、全94回分である。新聞連載中は、毎回、喜色満面、自作を実践される氏のスナップ写真が紙面を飾ったが、ここでは、惜しみつつそれを除外せざるをえなかった。

氏は、この、一回分がペラ約8枚（一六〇〇字）の指南記事で、ほぼ全回、和洋中華にわたる「ちがう料理」を独立に紹介しつづけ、その種目は、読まれるごとく、ビフテキの焼き方から、オニオン・スープの煮方、スペインの酒のサカナ、中国の晩菜から、梅干し、らっきょうの漬け方にまで、ひろげられている。おどろくべき筆力である。

おどろくべき筆力である、とは、このレパートリーのひろさが、プロの料理人以外の人間としては度を越えている、とか、食や料理に関する氏の知識や記憶が異常なまでに該博である、ということではない。それらはたまたまこの本の「事実」である、にしても、氏の本質は、そこにはない。また、氏が、味覚の多彩さに関して、豊富的確な語彙を絢爛と駆使している、ということでも、この本はぜんぜんないのである。その点では、氏はごく平明に一般日常の語感だけで（つまり味覚に関する形容や措辞がごく寡少である日本語の特性のままに）、料理に関するみずからの挿話や一般的感懐、材料のととのえ方とその心がまえ、調理の手順とカンどころ、を簡潔に文章に綴っているにすぎない。

おどろくのは、そのことではない。逆に、それでいながらなお、この実用的文章が、鼻持ちならぬ「食通」のワケ知りぶりにおちず、腕自慢、舌自慢の独善に逸走せず、しかも「料理教科書」の乾燥から最も縁遠い地点で、読む者に、「自分にだって作れる」確信と共感を与えつつ、料理のできあがりの匂いまで漂ってきそうな美味感を共有させてしまう、そのみずみずしい説得力、おどろくのはこの筆力である。これは、カブトを脱がざるをえない、この著者独自の、或る意味での「ストーリー・テリング」能力であった。

本質的な、重要な理由が、そこにはいくつか考えられる。いうまでもなく第一は、ここに書かれた調理が、すべて、ひとつ残らず、氏自身の試行錯誤と実作のくりかえしの成果の、その自己告白だという点である。調理とは、結局は先人からの盗作とその組合せによる新開発とにほかならないから、他人への伝授は、じつをいえば受売りと一回の実験でも、こと足りないわけではない。しかし、氏のは（よしあしを越えて）そうではないのであって、他人からのまねびをすべて「檀流」に変容しきったところで、はじめて発言がおこなわれる。ディテイルの局所、たとえば「釜あげうどん」だったら薬味やツユのカンどころのおさえ方こそが詳細をきわめるのは、それである。ここで塩の量はいかほどかと訊かれたって答えようがない、君の好きなように投げこみたまえ、といった、全篇における完全な「分量数字無視」、の原則も、ことわるまでもなくここから生起している。

この完全な数字無視は、調理指導書としての本書の、最も闊達な親しみやすさの特色で、がんらい調理者と会食者自身が各自きめるべき調味料の分量まで「砂糖小サジ1.5ハイ」などと書かねば気の済まぬ（また、それまで指示されなければ受け手も騒ぎだす）、日本の料理書、料理記事、料理放送のバカバカしさに呆れはてていた者には、溜飲のさがるおもいで調理への主体性を抑圧からときはなってくれるポイントのひとつである。——と同時に、それはただちに、本書の本質の第二へつながるわけで、即ち、この全篇をつらぬく主張が、「あるものを何でも使い」「ないものはなくてすませるに限る」調理思想だという、そのことの重大さが、次に問題にされなければならない。

　檀氏は、少なくとも「食」に関して、われわれに身近な民族でいえば、中国人にこそ最も近い人物であるだろう。人間には、われわれ日本人の大半のように、アミノ酸の味感といった狭量の味覚帯域にしがみつきたがる民族や、たとえばユダヤ教や回教徒のように、祈禱の済まぬ一部の素材以外はぜったい口にせぬ人々や、じつにさまざまな食いようがある。なかで、中国人は、地球のどこに住もうと、そこで穫れるものすべてを大地や海からひろいあげ、煮、焼き、蒸し、炒めてみて、自分流儀の料理にしあげ、信じがたい新しい美味を信じがたい素材からひきだしては定着してのける民族である。本書を通じて、味のひきだし方の基本が、ニンニクとショウガ、そしてしばしばネギでおこなわれるのも檀氏の「中国」的ホンネをほうふつさせるが、じつはそういう味感の深層こそが、「ない材料《もの》はなくてすませるに限る」たくましい思想を根強く生ませたのかもしれない、とかんがえることは大事だとおもう。「梅干しだのラッキョウだの、神がかりでなくっちゃとても出来っこない、というようなことを勿体ぶって申し述べる先生方のいうことを、一切聞くな。檀のいうことを聞け」。——ここには、狭量な味覚オンチへの、痛烈な怒り以上の、軽蔑がある。

氏はかつて、石毛直道氏の快著『食生活を探検する』を書評して、「(地球上のどの地点でも)もっとも痛快な素材をよせ集め、もっともうまい喰いものをつくり、もっとも長く生きのびるものは、今日私をおいてほかにないと、固く信じこんでいたが、(当書を読むにいたり)それはどうやら石毛君らしいと、永年にわたる私の確信がぐらついてきたほどである」と冗談にことよせてシャッポを脱がれた体験がある。この「確信」の発想にこだわるものは、中国の食の心性《メンタリティ》にほかならないが、じつは石毛氏へのこの共感にも、「檀流クッキング」の本質の、第三点ともいうべきものが、強烈に二重写しになっていた点を、この両著の読者は読みおとせなかったはずである。つまり、この二快著が、外見はおろか内面に、まったく、食に対する男のはじらい、という愚劣な自己欺瞞のポーズだけは、ヤニさがらせなかった、その重大さ、ということだ。文士や学者がなんでワザワザだいどこに立ち、オクラのウマさまで講釈しなければならないのか、——そんな言訳や、自虐や、その裏返しの強がりや、勿体ぶりの気取りからは、これがまったく透明に解脱しきっている、そのふてぶてしい強さのことである。——「檀流クッキング」を、巻を措かず読み通して、最も学んだ点は何だ、ときかれたら、私は自省をこめて答えないわけにゆかない。

「それは、檀氏がここで、『文明批評』をホザいてないことだ」、と。

毒々しく人工化され、消費者に手抜きをそそのかすだけの、あさましくもマズい規格食品の山。それに馴らされきって怠惰な無気力と不精の極におちいった消費市民の群れ。それへの憤懣と歯がゆさをいっぱいにたぎらせながら（そうでなくて、誰が、こんな本を書くか）、しかもそれをすべて文章の心底にこらえ、抑えて、「氏がここで偽牧師の説教はしなかったことだ」、と。

私自身、拙宅のだいどこにも、檀氏からじきじきに伝授をうけたレパートリーがある。たとえば本書の「ツユク」は、いまわが家の基幹にもなってしまった一食である。そしてじつは私にとっては、何年かかっても仕方ない、本書の一品一品を、ひとつ残らず、わが腕へ叩きこんでゆくことが、食生活へのひそかな宿願の、大筋になっていることを白状しなければならない。この書の調理が、いわば君流《きみ》に試行しても、充分に美味を満足させるものであることを、このぶきっちょでモノグサな私が、保証するわけである。

ただ、ひとことつけ加えるなら、檀一雄氏邸で、その美味を産みだす原動力は、決して、ぜったい、一雄氏ひとりのエネルギーと実力なのではない——ということは、実際の目撃者として、明言しておかなければならないとおもう。じじつは、或いは氏の努力と精進を上まわるほど、この成果は夫人そのひとのものでもある、ことを、私はどうしても言いそえる必要をみとめる。

料理は、「家庭」がつくるのだ。家庭がつくって家族であじわう。ワタシが作ってボクが食う充実感は、そこでは差別なく一つなのであることを、この書は感謝をこめて言外に語っている、という点こそ読み誤まられてはならないポイントであろう。

『檀流クッキング』一九七五年　中公文庫を改版

中公文庫

# 檀流《だんりゅう》クッキング


1975年11月10日　初版発行
2002年9月25日　改版発行
2015年10月15日　改版15刷発行

著　者　檀《だん》　一《かず》　雄《お》

発行者　大橋 善光

発行所　中央公論新社
〒100-8152　東京都千代田区大手町1-7-1
電話　販売 03-5299-1730　編集 03-5299-1890
URL http://www.chuko.co.jp/

DTP　高木真木
印　刷　三晃印刷
製　本　小泉製本




Published by CHUOKORON-SHINSHA, INC.
Printed in Japan　ISBN4-12-204094-9 C1195

各書目の下段の数字はＩＳＢＮコードです。978－4－12が省略してあります。

# 中公文庫既刊より

た-34-4
## 漂蕩の自由
檀　一　雄
韓国から台湾へ。リスボンからパリへ。マラケシュで迷路をさまよい、ニューヨークの木賃宿で安酒を流し込む。「老ヒッピー」こと檀一雄による檀流放浪記。
204249-0

た-34-6
## 美味放浪記
檀　一　雄
著者は美味を求めて放浪し、その土地の人々の知恵と努力を食べる。私達の食生活がいかにひ弱でマンネリ化しているかを痛感せずにはおかぬ剛毅な書。
204356-5

た-34-7
## わが百味真髄
檀　一　雄
四季三六五日、美味を求めて旅し、実践的料理学に生きた著者が、東西の味くらべはもちろん、その作法と奥義も公開する味覚百態。〈解説〉檀　太郎
204644-3

か-2-7
## 小説家のメニュー
開　高　健
ベトナムの戦場でネズミを食い、ブリュッセルの郊外の食堂でチョコレートに驚愕。味の魔力に取り憑かれた作家による世界美味紀行。〈解説〉大岡　玲
204251-3

か-2-3
## ピカソはほんまに天才か　文学・映画・絵画…
開　高　健
ポスター、映画、コマーシャル・フィルム、そして絵画。開高健が一つの時代の類いまれな眼であったことを痛感させるエッセイ42篇。〈解説〉谷沢永一
201813-6

し-15-15
## 味覚極楽
子母澤　寛
〝味に値無し〟――明治・大正のよき時代を生きた粋人たちが、さりげなく味覚に託して語る人生の深奥を聞書き名人でもあった著者が綴る。〈解説〉尾崎秀樹
204462-3

う-9-4
## 御馳走帖
內田　百閒
朝はミルク、昼はもり蕎麦、夜は山海の珍味に舌鼓をうつ百閒先生の、窮乏時代から知友との会食まで食味の楽しみを綴った名随筆。〈解説〉平山三郎
202693-3

き-7-2
**魯山人陶説**
北大路魯山人 平野雅章 編
「食器は料理のきもの」と唱えた北大路魯山人。自らの豊富な作陶体験と鋭い鑑賞眼を拠り所に、古今の陶芸家と名器を俎上にのせ、焼物の魅力を語る。
201906-5

き-7-3
**魯山人味道**
北大路魯山人 平野雅章 編
書・印・やきものにわたる多芸多才の芸術家・魯山人が終生変らず追い求めたものは〝美食〟であった。折りに触れ、書き、語り遺した美味求真の本。
202346-8

き-7-4
**魯山人書論**
北大路魯山人 平野雅章 編
魯山人の多彩な芸術活動の根幹をなすものは〝書〟であり、彼の天分はまず書画と篆刻において開花した。独立不羈の個性が縦横に展開する書道芸術論。
202688-9

き-7-5
**春夏秋冬 料理王国**
北大路魯山人
美味道楽七十年の体験から料理する心、味覚論語、食通閑談、世界食べ歩きなど魯山人が自ら料理哲学を語り、手掛けた唯一の作品。〈解説〉黒岩比佐子
205270-3

き-15-12
**食は広州に在り**
邱 永漢
美食の精華は中国料理、そのメッカは広州である。広州美人を娶り、自ら包丁を手に執る著者が、蘊蓄を傾けて語る中国的美味求真。〈解説〉丸谷才一
202692-6

こ-30-1
**奇食珍食**
小泉武夫
蚊の目玉のスープ、カミキリムシの幼虫、ヒルのソーセージ、昆虫も爬虫類・両生類も紙も灰も食べつくす、世界各地の珍奇でしかも理にかなった食の生態。
202088-7

こ-30-3
**酒肴奇譚《しゅこうきたん》 語部醸児之酒肴譚《かたりべじょうじのしゅこうたん》**
小泉武夫
酒の申し子「諸白醸児」を名乗る醸造学の第一人者で、東京農大の痛快教授が〝語部〟となって繰りひろげる酒にまつわる正真正銘の、とっておき珍談奇談。
202968-2

た-22-2
**料理歳時記**
辰巳浜子
いまや、まったく忘れられようとしている昔ながらの食べ物の知恵、お総菜のコツを四季折々約四百種の材料をあげながら述べた「おふくろの味」大全。
204093-9

各書目の下段の数字はISBNコードです。978－4－12が省略してあります。

つ-26-1
フランス料理の学び方 特質と歴史
辻 静雄
フランス料理の普及と人材の育成に全身全霊を傾けた著者が、フランス料理はどういうものなのかについてわかりやすく解説した、幻の論考を初文庫化。
205167-6

た-33-9
食客旅行
玉村 豊男
香港の妖しい衛生鍋、激辛トムヤムクンの至福、干しダコとエーゲ海の黄昏など、旅の楽しみイコール食の愉しみだと喝破する著者の世界食べ歩き紀行。
202689-6

た-33-22
料理の四面体
玉村 豊男
英国式ローストビーフとアジの干物の共通点は？ 刺身もタコ酢もサラダである？ 火・水・空気・油の四要素から、全ての料理の基本を語り尽くした名著。〈解説〉日高良実
205283-3

た-33-11
パリのカフェをつくった人々
玉村 豊男
芸術の都パリに欠かせない役割をはたし、フランス文化の一面を象徴するカフェ、ブラッスリー。その発生を克明に取材した軽食文化のルーツ。カラー版
202916-3

た-33-15
男子厨房学入門《メンズ・クッキング》
玉村 豊男
「料理は愛情ではない、技術である」「食べることの経験はつくることに役立たないが、つくることの経験は食べることに役立つ」超初心者向け料理入門書。
203521-8

た-33-16
晴耕雨読ときどきワイン
玉村 豊男
著者の軽井沢移住後数年から、ヴィラデスト農園に至る軽井沢、御代田時代（一九八八～九三年）を綴る。題名のライフスタイルが理想と言うが……。
203560-7

た-33-19
パンとワインとおしゃべりと
玉村 豊男
大のパン好きの著者がフランス留学時代や旅先で出会ったさまざまなパンやワインと、それにまつわる愉快なエピソードをちりばめたおいしいエッセイ集。
203978-0

た-33-20
健全なる美食
玉村 豊男
二十数年にわたり、料理を自ら作り続けている著者が、客へのもてなし料理の中から自慢のレシピを紹介。食文化のエッセンスのつまったグルメな一冊。カラー版
204123-3

た-33-21

**パリ・旅の雑学ノート**
カフェ／舗道／メトロ

玉村豊男

在仏体験と多彩なエピソードを織り交ぜ、パリの尽きない魅力を紹介する。'60～'80年代のパリが蘇る、ウィットとユーモアに富んだ著者デビュー作。

205144-7

ち-3-54

**美味方丈記**

陳舜臣
陳錦《きん》墩《とん》

誰もが食べられるものをおいしくいただく。「食」を愛してやまない妻と夫が普段の生活のなかで練りあげた楽しく滋養に富んだ美味談義。

204030-4

つ-2-9

**辻留 ご馳走ばなし**

辻嘉一

茶懐石の老舗の主人というだけでなく家庭料理の普及につとめてきた料理人が、素材、慣習を中心に、六十余年にわたる体験を通して綴る食味エッセイ。

203561-4

つ-2-12

**味覚三昧**

辻嘉一

懐石料理一筋。名代の包宰、故、辻嘉一が、日本中に足を運び、古今の文献を渉猟して美味真味を探究。二百余に及ぶ日本食文化と味を談じた必読の書。

204029-8

つ-2-13

**料理心得帳**

辻嘉一

茶懐石「辻留」主人の食説法。ひらめきと勘、盛りつけのセンス、よい食器とは、昔の味と今の味、季節季節の献立と心得を盛り込んだ、百六題の料理嘉言帳。

204493-7

つ-2-14

**料理のお手本**

辻嘉一

ダシのとりかた、揚げ物のカンどころ、納豆に豆腐にお茶漬、あらゆる料理のコツと盛り付け、四季のいろどりも豊かな、家庭の料理人へのおくりもの。

204741-9

い-116-1

**食べごしらえ おままごと**

石牟礼道子

父がつくったぶえんずし、獅子舞にさしだした鯛の身。土地に根ざした食と四季について、記憶を自在に行き来しながら多彩なことばでつづる。〈解説〉池澤夏樹

205699-2

と-21-1

**パリからのおいしい話**

戸塚真弓

料理にまつわるエピソード、フランス人の食の知恵など、パリ生活の豊かな体験をもとに〝暮らしの芸術〟としての家庭料理の魅力の全てを語りつくす。

202690-2

各書目の下段の数字はISBNコードです。978-4-12が省略してあります。

と-21-4
私のパリ、ふだん着のパリ
戸塚真弓
露天市場やガラクタ市の魅力、フランス式おいしい紅茶の淹れ方、美術館を楽しむ法……パリ生活二十余年、毎日の暮らしから見えてきた素顔の街の魅力。
203979-7

よ-17-9
酒中日記
吉行淳之介 編
吉行淳之介、北杜夫、開高健、安岡章太郎、瀬戸内晴美、遠藤周作、阿川弘之、結城昌治、近藤啓太郎、生島治郎、水上勉他――作家の酒席をのぞき見る。
204507-1

ロ-5-1
ロブション自伝
J・ロブション
伊藤文 訳
世界一のシェフが偏食の少年時代、怒濤の修業、三つ星を負った苦悩、日本への思い、フリーメイソン、引退・復活の真相を告白。最新インタビュー付。
204999-4

い-110-2
なにたべた？ 伊藤比呂美＋枝元なほみ往復書簡
伊藤比呂美
枝元なほみ
詩人は二つの家庭を抱え、料理研究家は二人の男の間で揺れながら、どこへ行っても料理をつくっていた。二十年来の親友が交わす、おいしい往復書簡。
205431-8

あ-66-1
舌 天皇の料理番が語る奇食珍味
秋山徳蔵
半世紀以上を天皇の料理番として活躍した著者が「舌は味覚の器であり愛情の触覚」と悟った極意をもって秘食強精からイカモノ談義までを大いに語る。
205101-0

あ-66-2
味 天皇の料理番が語る昭和
秋山徳蔵
半世紀にわたって昭和天皇の台所を預かり、日常の食事と無数の宮中饗宴の料理を司った「天皇の料理番」が自ら綴った一代記。〈解説〉小泉武夫
206066-1

あ-66-3
味の散歩
秋山徳蔵
昭和天皇の料理番を務めた秋山徳蔵が〝食〟にまつわるあれこれを自ら綴る随筆集。「あまから抄」「宮中の正月料理」他を収録。〈解説〉森枝卓士
206142-2

あ-66-4
料理のコツ
秋山徳蔵
天皇の料理番が家庭の料理人に向けて、材料の選び方や工夫などを解りやすく指南する。ちょっとした薀蓄で、知識が広がる読むだけで楽しい一冊。〈解説〉福田浩
206171-2